Für Irene, meine Wegbegleiterin...

Titel im Original: "El dolor de ya no ser"
Autor: Pablo A. Garrido Bravo
© 2012:   Pablo A. Garrido Bravo
Umschlagsgestaltung: Irene Dammers
Coverzeichnung: Luis Garrido Dammers
Fotonachweis: alle Fotos vom Autor zur
                         Verfügung gestellt
Herstellung und Verlag: BoD - Books on Demand,
                         Norderstedt

Aus dem Spanischen von Melanie Köpp.

ISBN: 9-783848-208784

Bibliografische Information der
Deutschen Nationalbibliothek

Pablo Garrido Bravo

Der Schmerz, nicht mehr zu sein…

Die Geburtsstunde der Arbeiterbewegung in Chile

Es war einmal in den Anfängen des 20. Jahrhunderts,

als dieses noch nicht einmal 10 Jahre alt war…

Inhalt

Einleitung

Im Dezember 1976 wurde der Geschichtsprofessor Fernando Ortiz Letelier während der chilenischen Diktatur entführt und man hörte nie wieder etwas von ihm. Uns blieben nur seine Bücher. Insbesondere eines, mit dem Titel „Die chilenische Arbeiterbewegung 1891-1919", welches mir meine Freundin, die Geschichtsprofessorin Iris Araneda, zusammen mit anderem bibliografischem Material zur Verfügung stellte. Es belegt die realen Vorkommnisse, die mich zu dieser fiktiven Geschichte inspirierten.

Mein Dank geht an dich, Iris und auch an dich, Fernando Ortiz Letelier. Sie haben alles versucht, und trotzdem konnten sie dich nicht ganz verschwinden lassen, denn du bist und bleibst immer unter uns.

Kapitel I,

In Valparaíso, am Hafen

Auf dem Cerro Alegre ... und fröhlich

In Valparaíso, dem Hafen Chiles, werden die umliegenden Hügel immer lebendiger. Sie füllen sich langsam mit Menschen. Es gibt Hügel, auf denen die Armen wohnen und andere, mit nicht ganz so armen Bewohnern. Einige sind sogar von reichen Menschen bewohnt.

Auf einem der an die vierzig Hügel des wunderschönen Ortes Valparaíso, vielleicht auf dem am dichtesten bewohnten, kommen heute immer mehr Nachbarn zusammen, je näher die mitternächtliche Stunde rückt. Sie kommen zusammen, um gemeinsam das Neue Jahr 1900 zu empfangen. Die Ankunft des neuen Jahrhunderts ist ein großes Ereignis. Es wird langsam dunkel und das Meer ist ruhig. Die ersehnte Stunde nähert sich. Das Jahr 1899 nimmt seinen Abschied.

Sogar das Haus selbst scheint fröhlich zu sein, denn es ist erst heute Morgen frisch gestrichen worden. „Kleines Haus, großes Herz!", murmelt Raúl, der stolze Familienvater, vor sich hin. Sauber und frisch gestrichen, so kann das neue Jahr kommen, das erste Jahr eines neuen Jahrhunderts. Wie wird es werden? Wird es besser werden, als das letzte Jahr? Wenn man auf die ruhige See schaut, könnte man meinen, dass alles so weiter ginge, wie bisher. Dies zumindest ist Raúls Eindruck.

Der gleiche Raúl, dessen Vorstellungskraft nicht ausreicht, sich die schrecklichen Veränderungen vorzustellen, die die Welt in den nächsten hundert Jahren durchmachen wird. Der gleiche Raúl, der sich auch nicht vorstellen kann, in welche Richtung sich die Menschen weiterentwickeln werden. Der sich nicht vorstellen kann, dass ein Mensch jemals so sehr hassen können wird und sogar zu Mord und Totschlag fähig sein wird. Derselbe, der heute noch nicht weiß, dass er selbst ein Teil dieser Entwicklung sein wird.

Nein, die Stille der See kündigt lediglich den größten Sturm an, den die Welt je gesehen hat. Sie kündigt die Ankunft des 20. Jahrhunderts an, des bis dato unglaublichsten Jahrhunderts. Enrique Santos Discépolon schrieb 1935 einen (argentinischen) Tango über dieses Jahrhundert des "Cambalache", der da lautet:

20. Jahrhundert, ein Trödelladen,
voller Probleme und fieberhaft!
Wer nicht klagt, der kriegt nichts
und wer nicht klaut ist dumm!
¡Nur zu! ¡Mach weiter!
¡Dort im Ofen werden wir uns treffen!
¡Denk nicht weiter, setz Dich dazu,
denn niemand fragt nach deiner Moral!
Alle sind sie gleich,

4

der, der Tag und Nacht schuftet wie ein
Ochse,
der, der von den anderen lebt,
der, der tötet und der, der heilt,
oder der, der die Gesetze nicht achtet...

Raúl und Leonor mit ihren drei Kindern
sind eine von vielen Arbeiterfamilien, die
im Hafen von Valparaíso wohnen. Sie
warten voller Hoffnung auf das neue Jahr.
Ihre Hoffnung sorgt sich um die Kinder und
bittet gleichzeitig um Frieden und Arbeit.
Ja, um Arbeit, damit man essen und
weiterleben kann. Welche andere Hoffnung
sollten Sie sonst haben?

Bald würden ihre Nachbarn kommen, bald
würden sie das Jahr 1900 begrüßen, das
neue Jahrhundert, in ihrer besten Kluft,
frisch gekämmt, sauber und mit einem
guten Schluck, um in Stimmung zu
kommen. Die Silvesternacht ist die letzte
Nacht des alten Jahrhunderts. Es ist Schluss
mit achtzehnhundert und noch was, jetzt
wird mit neunzehnhundert
weitergezählt...bis 2000.

Der älteste Sohn ist schon 10 Jahre alt.
Seine Haare sind weiß, wie bei seinem
Großvater. Mit seinem grauen, leicht
vergilbten Schopf hat er seinen Spitznamen
weg. Niemand nennt ihn bei seinem
richtigen Namen, er ist überall nur der
„Graue". Auf den ersten Blick könnte man

vermuten, dass er etwas baskisches Blut in seinen jungen Adern hat. Die kleine Leonor, lebhaft, mit ihren sieben Jahren und Margarita, vier Jahre alt, beide gleichen sie ihrer Mutter, einer gut aussehenden Brünetten. Ein kupferfarbenes Brünett, wie es bei den Diaguita-Indianern aus dem Tal des Flusses Elqui im Norden Chiles zu finden ist. Ähnlich ist es bei Lucila, der älteren Nichte, die mit ihren grade mal 11 Jahren schon sehr amüsante Dinge schreibt.

Die Kleider der Mädchen hat Leonor selbst gemacht. Sie ist die Chefin des Hauses. Sie ist Näherin geworden, weil ihr das Nähen gut von der Hand geht. Wie alle Frauen, geht sie arbeiten und macht danach zu Hause weiter. Leonor ist eine Frau , die sich niemals ausruht. Sie liest immer die Briefe Ihrer Nichte und antwortet ihr mit ebenso schönen Worten. Ihre glasklaren, geschrieben Worten strahlen wie Lichtreflexe. Manchmal brechen die Worte einfach so aus ihr hervor, glasklar. Einige sagen, es sei pure Poesie. Sie schrieb eigentlich immer schon, denn das war ihre Bestimmung.

„Raúl, Leonor ist eine Poetin.", sagen die Leute immer zu ihm und daraufhin errötet er meist und weiß nicht, was er antworten soll.

Sie sprechen von seiner Leonor, seiner hübschen dunkelhäutigen Leonor, die er genau so erobert hatte, wie es sich gehörte.

Die Eroberung begann eines Nachts bei einer Sitzung der Arbeitervertretung Mancomunal, als er sich mit ruhiger Stimme anbot, ein Teil des geheimen Vorstandes der Bewegung zu werden. Jung, entschlossen und unkompliziert, drang er in das Herz dieser besonderen Frau.

„Auf Wiedersehen Leonor, bis zum nächsten Mal!", sagte er zu ihr und es schien, als wolle er sie mit seiner Stimme streicheln. Es beunruhigte ihn, dass sie seinem Blick standhielt, als er sich von ihr verabschiedete.

Für Leonor war er das Wunder, auf das sie gewartet hatte. Zwischen all den vielen Mühen, der Poesie, den Versammlungen schien es, dass die Liebe sie übergangen hatte. In dieser Nacht träumte sie sehr intensiv. Sie spürte zum ersten Mal, wie ihre festen Schenkel unter dem Laken feurig brannten, ihr Fleisch verzehrte sich nach Erlösung, der Frühling war in ihren Körper eingezogen. Die Näherin hatte gerade erst das kühne Unterfangen begonnen, die erste Arbeiterbewegung für Frauen zu gründen. Sie las ihren Kolleginnen vor und drängte die Männer darauf, sich endlich auch zusammen zu schließen.

Dann gab es einige flüchtige Unterhaltung, immer zwischen einer Versammlung und der nächsten. Später, als Raúl sie dann endlich in die Arme schloss, spürte sie, wie ihre Knie weich wurden. Wenn er mit ihr sprach, mit seiner Stimme, die sonst in den Versammlungen so stark war, wurde ihre Antwort zu einem schwachen Wimmern und ihr Atem ging rascher. In diesen Momenten war er ihr Raúl, der Mann mit dem sie eins war. Er war nicht groß, aber kräftig und mit einem tiefsinnigen, ehrlichen Blick. Seine kleinen Augen logen nicht, sie konnten die Wahrheit nicht verbergen. Er war ein einfacher, entschlossener Mann und es gefiel ihm, ihr zuzuhören. Raúl gefiel es, seiner Leonor zuzuhören, wie sie ihm Gedichte vorlas, Gedichte gemischt aus Liebe und dem Aufruf zum Kampf für ein besseres Leben. Diese Gedichte sagten: "Kämpft und liebt! Wir Frauen haben auch Rechte!"

Jedes Mal, wenn Raúl auf dem Nachhauseweg war, wurden seine Schritte langsamer und er fühlte, wie die süße Erinnerung an vergangene Momente seine Seele streichelte. Leonores Wimmern war wie das sanfte Geräusch eines vorbeifließenden Baches, der unendliche Zärtlichkeit ankündigte. Dieser hungrige Körper glich dem Funkeln eines Sterns, dies war seine Leonor. Und so kam es, dass sie heirateten.

"Das Brautpaar, es lebe hoch!" Es erklangen die Gitarren und die Weingläser wurden gehoben. Schwungvoll wurden sie gehoben, als sei es eine Art Spiel und doch war ihr Ziel immer nur ein durstiger Mund. Die Wohnung hatte keinen Fußboden, nur festgestampften Lehm und dennoch gab er den fröhlichen Klang der tanzenden Füße wieder. Eng umschlungen tanzten Leonor und Raúl und warfen sich verliebte Blicke zu. So fing ihr gemeinsames Leben an, bis das der Tod sie scheiden sollte.

Als die Kinder kamen, begann die Zeit zu rasen. Die Kinder wuchsen zusammen auf, um gemeinsam auf die Zukunft zu warten. Die Eltern, Raúl und Leonor begehrten sich, sie liebten sich, sie kümmerten sich umeinander, sie respektierten sich. Sie waren das perfekte Paar.

Ihr tägliches Leben bestand aus ihnen selbst, ihren Kindern und der Arbeiterbewegung. Sie waren ein merkwürdiges Paar, anders als die anderen. Beide waren sie infiziert mit einer gehörigen Portion Nonkonformismus gegenüber der großen, weiten Welt. Aber sie liebten sich sehr. Warum auch nicht?

Da kommen schon die Nachbarn, die guten Nachbarn, Arbeitskollegen und Weggefährten, um zusammen mit ihnen auf Mitternacht zu warten. Pedro und Teresa kommen mit ihrem einzigen und etwas merkwürdigen Sohn Juanín. Er ist hübsch,

9

aber es scheint, dass er etwas zurückgeblieben ist. Er konnte in der Schule nicht folgen und konnte weder lesen noch schreiben. Aber abgesehen davon, hatte er ein sehr einnehmendes Wesen, er war etwas ganz Besonderes. Nur beiläufig betrachtet, schien er ein eher schüchterner Junge zu sein, der die Augen senkt um dem Blick anderer auszuweichen. Aber manchmal, wenn man einen flüchtigen Blick in seine Augen erhaschen konnte, konnte man in seiner Seele eine höhere Kraft erahnen.

Seine Hände waren immer warm, auch im Winter. An der Gitarre entfalteten sie ein magisches Talent. Keiner wusste, wie er so gut spielen gelernt hatte und wenn er spielte, breitete sich um ihn herum ein ehrfurchtsvolles Schweigen aus. Er spielte wunderschöne peruanische Walzer, aber er sang nicht, er murmelte nur vor sich hin und wenn er das tat, hüllte dieser Klang die Menschen um ihn herum ein, wie der Duft eines unbeschreiblichen Parfüms. Er lachte, während seine zarten Finger die Saiten der Gitarre streichelten, die eine fröhliche, betörende Musik von sich gaben. So war Juanín, der beste Freund von Rucio, dem "Grauen". Teresa, die Frau von Pedro, hörte gerne zu, wenn ihre Freundin Leonor vorlas. Sie bewunderte sie und war fasziniert von den Gedichten.

Der Tisch ist schon gedeckt, es gibt Salat und Hühnchen. Alle sitzen sie etwas gedrängt zusammen, es ist nicht viel Platz. Aber sie sind glücklich, gemeinsam das alte Jahr verabschieden und das neue begrüßen zu können. In dem besten Topf, den sie haben, bereitet Raúl den Punsch zum Anstoßen aus Wein und Pfirsichen vor. Die Sirenen der Schiffe in der Bucht beginnen das neue Jahr zu begrüßen. Die Familien umarmen sich fröhlich. Einer nach dem anderen wünschen sie sich viel Glück, auf dass sie beieinander bleiben auf der Suche nach den einfachen Dingen des Lebens: Frieden, Liebe, Arbeit, eine Wohnung, Rast und Ruhe, Gesundheit, eine Ausbildung. Diese einfachen Dinge sind schließlich und endlich nichts, was sie nicht verdient hätten, weil auch sie selbst einfach und gut sind. „Wir stoßen an mit dem was wir haben! Wir werden doch deshalb jetzt nicht anfangen, ein trockenes Leben zu führen. Nein!"

Große Säle, fröhliche Säle ...

Der "Cerro Alegre", so heißt der fröhliche Hügel, ist der eleganteste alle Hügel in Valparaíso. Als die Ebene von Valparaíso mehr und mehr überfüllt wurde, begann man langsam, auch die umliegenden Hügel zu besiedeln. In den zwanziger Jahren des 19. Jahrhunderts erwarb der englische Kaufmann William Bateman ein Grundstück auf einem der Hügel, der dann nachträglich in "Alegre" umgetauft wurde. Er errichtete dort ein wunderschönes freistehendes Haus. Nach einiger Zeit folgten ihm viele seiner Landsleute, die nach Chile gekommen waren, um sich dort niederzulassen. Sie wurden angezogen von der Errichtung der Republik und als Kaufleute widmeten sie sich insbesondere dem Im- und Export. Sie errichteten ein Wohngebiet aus stabilen Häusern, die weit aufwendiger konstruiert waren, als es zu jener Zeit üblich war. Um diese komfortablen Häuser mit ihrer neuartigen Architektur herum, legten Sie schöne Gärten an und verpassten dem ganzen Viertel sein farbenfrohes Aussehen und so kam es, dass das Viertel "Alegre" genannt wurde.

In einem dieser Häuser fließt gerade der gute Champagner in Strömen und es gibt Kisten mit richtigem Whisky - ein Geschenk des "englischen Herrn" - die darauf warten, in den ersten Stunden des neuen Jahrhunderts geöffnet zu werden.

Der Tisch ist bereits für das große Dinner gedeckt. Truthahn, Lamm aus dem Ofen, schmackhafte Salate, gebratene Kartoffeln und alle sind sehr gut gekleidet, wunderhübsche Damen und elegante Herren. Die Unterhaltung ist genauso fröhlich, wie der Name des Hügels und der Hügel selbst.

"Ich möchte einen Toast ausbringen", sagt einer der Herren. "Auf das die schlechten Zeiten immer so sein mögen, wie diese!"
Der Hausherr ist ein Abgeordneter mit englischem Nachnamen, aber wie sein Vater, war auch er in Chile geboren. Er ist ein großer Mann, mit durchdringenden Blick und immer einem Lächeln auf dem Gesicht. Als Erbe der hiesigen Bank und der Tageszeitung stellt er die personifizierte Macht dar. Seine Fans sagen, er spiele göttlich Gitarre. Er ist sehr intelligent und fast alle Nachbarinnen sind in ihn verliebt. Schon als Kind hatte er lesen, schreiben und mit Zahlen umgehen gelernt. Die Buchhaltung war das Thema gewesen, was ihm am meisten gefallen hatte. Er war immer auf der Suche nach neuen Geschäften, mit guten englischen Teilhabern, den Herren dieser Welt. Darin kannte er sich aus.

In seinem Haus gibt es nicht nur einfach zwei Familien, die gespannt auf das Neue Jahr warten. Es sind mehrere Familien und sehr wichtige Leute. Das Haus ist groß, die Tische sind groß und gemütlich und das Geschirr ist vom Feinsten. An den Tischen und in den Sälen gibt es Minister, Parlamentarier, Generäle und Admiräle, chilenische Geschäftsleute und solche, die nicht aus Chile waren. Der Abgeordnete versammelt sie um sich, behandelt sie ausnehmend höflich und er hat etwas Besonderes, was sie umso mehr anzieht. Diese Leute fühlen sich in seiner Gegenwart wohl.

Manchmal jedoch bekam der Abgeordnete starke Kopfschmerzen. Er schien sich zu verändern. Seine Augen verwandelten sich in ein tiefes Grau und sein Blick wurde starr. Die Beine wurden ihm schwer und es kostete ihn Kraft, zu atmen. Er hatte einen sauren Geschmack im Mund und er fühlte sich matt, trotzdem erteilte sein Gehirn weiterhin klare Befehle.

Dann wiederum bemächtigte sich eine an Vollkommenheit grenzende Klarheit seines Wesens. In diesen Momenten der völligen Klarheit, konnte er gut laufen, das Atmen fiel ihm nicht schwer und die Luft schien seinen Körper von innen heraus zu reinigen. Sein Lachen klang irgendwie anders und sein frischer Gesichtsausdruck leuchtete einem schon von Weitem entgegen. Sein Gehirn produzierte dann zutreffende und in sich zentrierte Artikel, die die Tageszeitung so abdruckte.

Die Stunde Null rückt näher. Wie immer bereiten die Schiffe in der Bucht von Valparaíso ihre Signalhörner vor. "Ich bitte um Ihre Aufmerksamkeit, meine Herren! Bevor das Jahr zu Ende geht, möchte ich die Gelegenheit nutzen, Ihnen zu danken, sich in diesem Haus eingefunden zu haben. Meine Türen sind immer geöffnet für die guten Männer, denen die Nation vertraut und die stets die heiligen Werte des Eigentums und der öffentlichen Ordnung verteidigen. Von hier aus, möchte ich als Abgeordneter, Geschäftsmann, Journalist und Banker einen Gruß voller Dankbarkeit an diejenigen senden, die sich zu unserer Sache bekennen und in unser Land Kapital in die Salzbergwerke investieren. Sie arbeiten von London aus und haben die „Banco Anglo Sudamericano" gegründet und die brillante Tageszeitung "The Iquique Times" aus der Taufe gehoben. Prost meine Herren und ein Frohes Neues Jahr 1900 Ihnen allen! Kommen Sie und lassen Sie sich von mir umarmen!"

Sie umarmen sich alle und wünschen sich alles Gute. Auch in dieser Schicht der Gesellschaft haben Familien ihre eigenen Probleme, Ängste und Wünsche.

Wirtschaftlich ging es ihnen gut, auch wenn viele von ihnen ihren Reichtum unter Aufbringung von großen persönlichen Opfern und Verzicht angehäuft hatten. Sie hatten ihr Leben damit verbracht, genügend Geld für die sichere Zukunft ihrer Kinder anzuhäufen. Sie hatten für die Arbeit auf die familiäre Zweisamkeit verzichtet und darauf, ihre Kinder aufwachsen zu sehen. Andere wiederum, hatten durch die Gnade der reichen Geburt niemals die Notwendigkeit gehabt, zu arbeiten. Auch mehrere Generationen ihre Kinder würden nicht arbeiten müssen. Aber dafür konnten sie auch niemals verstehen, dass andere darum kämpfen mussten, das Gleiche zu erreichen. Ihren Reichtum hatten sie durch die Gnade Gottes erhalten, so hatte ER es gewollt. Man wird eben so geboren oder auch nicht!

Valparaíso ... Mein Alptraum!

Die Eltern vom "Grauen" und von Juanín waren gute Nachbarn in Valparaíso. Sie waren Seeleute und als solche waren sie der Mancomunal, der ersten gewerkschaftlichen Organisation im Hafen angeschlossen. Sie waren eine besondere Art Mensch. Ihr Privatleben verlief eher ruhig. Im Berufsleben jedoch waren sie sehr solidarisch, wie auch im Bezug auf die ständig wachsende Organisation, der sie angehörten. Sie waren beispielhafte Arbeiter, die unter dem Desinteresse und dem Alkoholismus einiger ihrer Kollegen litten. Ihre Frauen waren Näherinnen und gehörten auch der Mancomunal an. Bei ihnen zu Hause herrschte eine Atmosphäre der Ernsthaftigkeit und des Glückes. Sie lasen viel und sprachen über die Zukunft. Ihre Jungs waren immer zusammen. Gerade weil Juanín so schwach und begrenzt in seinen Möglichkeiten war, mochte ihn der "Graue" umso mehr und war immer mit ihm zusammen. Die Mädchen halfen ihren Müttern schon sehr früh bei der Hausarbeit.

Es zeigte sich, dass der "Graue", der seinem Vater niemals von der Seite wich, ein guter Seemann und Arbeiter war. Er half auch schon bei der Mancomunal mit. Er zog durch die schönen und armen Hügel von Valparaíso und verteilte Flugblätter. Auch Juanín beteiligte sich immer sehr lebhaft. Er schien dann eine andere Person zu sein. Man konnte sogar meinen, er verstünde, was auf den Blättern stand und was die Texte bedeuteten. Von einem Moment auf den anderen verschwand er aus dem Blickfeld seines Freundes und dann tauchte er wieder aus den Schatten der Nacht heraus auf, hatte alle Flugblätter verteilt und grüßte seinen Freund fröhlich. "Wie hast du das so schnell geschafft?", fragte sein Freund ihn. Am nächsten Tag sprachen tausende von Menschen über den Inhalt der Flugblätter und die Jungs wurden wegen der guten Arbeit beglückwünscht. Alle waren sie erstaunt darüber, wie clever und aufopferungsvoll die Burschen waren.

Die Jahre vergehen, die Gewerkschaft wächst aber auch die Ungerechtigkeiten, die Arbeitszeit nimmt zu. Nur die Löhne, sie bleiben gleich oder sinken sogar. Die Gewerkschaften werden immer kämpferischer und sie verlangen alles, von den kleinen Dingen bis hin zu den großen Sachen. Allerdings ist das nur fair, denn sie verlangen eigentlich nur einfache Dinge, wie Kleidung und Essen, eben Dinge, die man zum Leben braucht. Warum auch nicht? "Auch wir Armen haben unsere Würde!", wiederholen sie immer und immer wieder auf ihren Kundgebungen. "Außerdem arbeiten wir ja dafür!"

Auf der anderen Seite steht die „Englische Dampfschifffahrtgesellschaft". Sie besticht durch ihren Hochmut und ihre Unnachgiebigkeit. Am Horizont tauchen langsam die dunklen Wolken des sich nähernden Konfliktes auf. Die Gewerkschaften reichen ihre Forderungen ein und die Gesellschaften lehnen sie ab.

Und so kommt der Streik!

Am 14. April 1903 bricht der Streik der Hafenarbeiter aus. Ihnen schließen sich die Seeleute, Dockarbeiter, Barkassenführer und Tagelöhner an, die für die deutschen und englischen Dampfschifffahrtsgesellschaften arbeiten. Die Gesellschaften verweigern unnachgiebig jede Einigung.

Die Arbeiter schlagen vor, den Konteradmiral und Chef des Hafengebietes, Fernández, als Mittelsmann einzusetzen. Weil aber dem Konteradmiral Fernández vorgeworfen wird, ein Drahtzieher und Beschützer der Streikenden zu sein, kommt aber gerade diese Forderung den mächtigen Schifffahrtsgesellschaften und auch der Tageszeitung, die nur ihre eigenen Interessen verteidigt, verdächtig vor. Die Regierung schlägt sich auf die Seite der Unternehmer und der Admiral wird unehrenhaft entlassen. Die Arbeiter stehen hinter Fernández, aber es ist die

Entscheidung der Regierung. Trotz seiner ehrbaren Uniform, seines unbescholtenen militärischen Lebenslaufes und seiner menschlichen Qualitäten, wird der Admiral zur unerwünschten Person erklärt.

Die Lage spitzt sich zu und die Gesellschaften bringen Arbeiter aus anderen Städten her, um die Streikenden zu ersetzen. Es kommt zu Auseinandersetzungen zwischen den Streikenden und den Streikbrechern.

Am 1. Mai kocht die Stimmung hoch. Es gibt Aufmärsche, Versammlungen und es kommt erstmals zu Zusammenstößen mit der Polizei.

Die Anspannung steigt jeden Tag mehr. Am 7. Mai gibt es eine Versammlung, um darüber zu reden, dass die Streikenden den Einsatz eines Schiedsmannes gefordert hatten. Die Vertreter der Gesellschaften geben nicht nach, im Gegenteil, sie behaupten, sie würden gut bezahlen und sie hätten viele Arbeiter, die die Streikenden ersetzen wollten. Für diese verlangen sie Polizeischutz.

Der Streik betrifft jetzt schon fast mehr als 10.000 Arbeiter und es wird ein großes Treffen für den 11. Mai vorbereitet. Wie immer verteilen die Jungs von Raúl und Pedro tausende von Flugblättern. Einem

20

Vogel gleich fliegen sie über alle Hügel in Valparaíso hinweg und verteilen die Aufrufe zu dem Treffen. Die Empörung unter den Streikenden nimmt zu und sie beschließen, keine weiteren Petitionen an die Gesellschaften zu schicken. Eine große Gruppe bewegt sich auf die Docks zu, um die Streikbrecher von der Arbeit abzuhalten, aber die Polizei zwingt sie, sich zurückzuziehen.

Es kommt der 11. Mai und die Streikenden versammeln sich zu einem großen Treffen auf dem Echaurren Platz.

Es ist ein großartiges Treffen! Es folgt ein Redner auf den anderen. Die Frauen werden aufgefordert, dass eine von ihnen reden soll. Sie entscheiden sich für Leonor, die Frau von Raúl und die Anführerin der Näherinnen. "Ich werde aber als Frau und Arbeiterin zu Ihnen sprechen, also seien Sie auf einiges gefasst!", so lautet ihre Bedingung. Es beginnt eine starke Rede, eine sehr starke Rede!

"Es ist für uns Arbeiterinnen der Moment gekommen, uns auf den Grundfesten der Emanzipation zusammenzuschließen, damit wir diese Misere, durch die unser Geschlecht bestraft wird, ein für allemal loswerden können. Heute betrachtet man uns als nutzlose Bestandteile der Gesellschaft, wie eine Maschine, die nur für

die hohen Herren produzieren soll. Diese Tyrannen, die wir heute Herren nennen, sind blutrünstige Bestien, die der Arbeiterklasse nur schaden. Wir verfolgen nicht nur das Ziel, uns zu organisieren, Ersparnisse zu erschaffen und bessere und gerechtere Löhne zu erhalten, wir kämpfen auch für die Emanzipation und die Anerkennung unseres Geschlechts und das Glück in der Liebe aller Männer und Frauen..."

Die Rednerin wird vom Applaus ihrer Zuhörer unterbrochen und von Mal zu Mal wird sie sicherer und ihre Worte werden härter. Mit vielen ihrer Aussagen zieht sie auch den anwesenden Männern die Ohren lang: "*...und allen anwesenden Kollegen sage ich auch, dass die Gerechtigkeit und die Gleichheit im eigenen Haus beginnt. Dafür müsst Ihr mit gutem Beispiel gegenüber Euren Frauen und Töchtern vorangehen!*"

Ganz in der Nähe, in den Büros der Tageszeitung des Abgeordneten, beobachtet eine Gruppe die Versammlung. Es ist eine sehr erlesene Gruppe, einige Beamte, ein englischer Herr ... Sie haben sich dort gut versteckt. "Was sagen Sie dazu, mein Herr?", es spricht ein Regierungsvertreter. "Ich glaube, die müsste man definitiv in ihre Schranken weisen, sonst wird das immer gefährlicher für uns alle …"

Der Engländer antwortet: "Auch wenn Sie nicht direkt betroffen sind, wir jedenfalls werden weder Verluste unserer Firmen noch Verluste im Salpeterabbau hinnehmen, meine Freunde! Wir sind eine Weltmacht, das müssten Sie eigentlich längst Ihrer Regierung mitgeteilt haben! Ich verlange von Ihnen, dass Sie morgen selbst dafür Sorge tragen, dass dieser Aufruhr beendet wird. Das sind doch alles nur Anarchisten, die eine Bedrohung für alle Bürger und ihre Besitztümer darstellen."

In dieser Nacht wusste der Regierungsvertreter, was er zu tun hatte.
Er saß in einem zerbeulten Sessel, verdrehte seine hellen Augen, hob die Arme mit nach oben geöffneten Händen, atmete tief ein. Dann riss er seine Augen weit auf und ein Art schwarzes Licht kam aus der Tiefe seiner Augen, rastlos, auf der Suche nach etwas Bestimmtem.

Dieses Licht fing an sich auszubreiten und umhüllte den Kopf des Präsidenten, des Ministers, des Generals und es umschloss auch die einfachen Männer in Uniform mit ihren Waffen. Alle fühlten sie in dieser Nacht eine Hitze, die von den Füßen zu ihren Köpfen aufstieg, sie erschauern ließ und ihnen blutige Träume brachte, mit sehr viel Blut.

Auf einmal erwacht der Abgeordnete wie aus einer Trance. Er fühlt sich erschöpft und ist schweißgebadet. Er hält inne und geht auf den Tisch in seiner Nähe zu. Er schüttet sich einen Doppelten ein und setzt sich wieder. Er fängt an, mit sich selbst zu reden: "Es geht mir nicht gut! Warum freue ich mich über diese Siege der Macht? Was ist mit mir los? Warum kann ich diese starken Gedanken nicht kontrollieren? Und warum kommen diese bösen Dinge aus meinem Inneren heraus? Was ist das? Vergnügen, Ehrgeiz, Eifersucht ... aber auf was? Es sind doch nur ein paar arme Pechvögel und Ignoranten! Und schließlich haben auch sie ein Recht auf ein besseres Leben? Ich Depp, was sage ich da nur! Es sind doch nur gefährliche Nichtsnutze, die alles zerstören könnten, nur weil sie gerne etwas zerstören. Was wissen die schon von Fortschritt! Wenn die noch nicht mal das heilige Eigentum anderer, die öffentliche Ordnung oder sonst irgendetwas respektieren."

Und plötzlich nimmt die schreckliche Vision hinter den Fenstern Gestalt an. Wie eine große schwarze, flügelschlagende Fledermaus entfernen sich die bösen Gedanken und steigen immer höher, um sich auszubreiten und auch andere zu vergiften.

Die Versammlung löst sich nicht auf und die Streikenden verbringen die Nacht auf der Plaza Echaurren. Sie entzünden kleine Lagerfeuer und wärmen sich gegenseitig. Manche trinken Alkohol gegen die Kälte, andere essen Kartoffeln, die sie direkt in der Asche der Lagerfeuer gebraten haben.

Leonor und Teresa, die guten Freundinnen, Nachbarinnen und Arbeitskolleginnen gehen mit ihren Töchtern nach Hause. Die Männer bleiben auf dem Platz. Juanín spricht zu seinem Freund, dem "Grauen": "Morgen werden uns unsere Tränen in den Norden führen. Wir werden die große Wüste kennen lernen."

"Wessen Tränen, Juanín?"

"Alle gehen, außer deiner Mutter, sie wird bleiben. Ihr gefällt der Norden nicht."

"Und du, woher weißt du das alles? Bist du vielleicht auch noch ein Hellseher?"

"Ich weiß es einfach und es schmerzt mich. Es tut mir sehr weh, weil ich es nicht verhindern kann. Ich bin doch noch so jung. Ich kann so wenig tun. Er ist stärker, sie werden immer stärker und wir, wir werden immer schwächer."

Wieder erscheint dieses Licht, es kommt direkt aus Juanín heraus. Es ist dasselbe Licht, was vorher schon den Platz erleuchtet hatte und dann erloschen war.

Am nächsten Tag, frühmorgens, es ist der 12. Mai 1903 in Valparaíso, dem wichtigsten Hafen Chiles, spricht der Abgeordnete zum englischen Herrn:

"Die Regierung ist Ihnen wohl gesonnen, mein Herr. Sie werden mich persönlich dabei beobachten können, wie ich diese Versammlung auflöse. Wenn Argumente nicht wirken, dann muss eben Gewalt her. Das ist unser Motto, mein Herr: Und bist du nicht willig, so brauch ich Gewalt!"

Der Engländer betrachtet ihn zufrieden, dankbar und überrascht. "Dieses Motto … wie merkwürdig … eigentlich könnte es von uns selbst stammen, denn so haben wir es immer gemacht.", dachte er lächelnd bei sich. Auf der ganzen Welt ist dieses Motto zum Einsatz gekommen, denn es ist das Motto der Mächtigen.

Es ist noch früh, erst 8 Uhr morgens und die Mutter des "Grauen" kommt mit ihren Töchtern, die ihr wie immer an den Fersen hängen, zusammen mit der guten Nachbarin auf dem Platz an. Sie und Teresa hatten etwas gekocht. Die Nachbarn teilen ihr Mahl miteinander, sie sind euphorisch und spüren den nahen Sieg, denn sie erwarten eine positive Antwort auf ihre Forderungen. Sie fühlen sich stark, sie sind doch so viele! Ihre Forderungen waren doch nur gerecht und so warten sie ruhig auf das Ergebnis.

Der "Graue" und Juanín sitzen zusammen auf dem Boden und spielen mit der Erde vor sich. Der eine zeichnet Wege, Höfe und dann wischt er sie wieder weg und fängt neu an zu zeichnen. Jetzt sind es Wege, eine Schienenstrecke. Plötzlich, als habe er einen Befehl erhalten, hält Juanín inne. Er steht auf, läuft zur Seite und klettert auf einen Baum, der mitten auf dem Platz steht. Oben auf dem Baum fängt er an sich umzuschauen. Mit beiden Händen schirmt er seine Augen ab, um besser sehen zu können.

Und plötzlich verändern sich seine Augen. Sie werden größer und größer und aus seinen Pupillen kommt wie ein heller Lichtstrahl, der auf das Gebäude gegenüber fällt. Doch aus dem Gebäude kommt ein anderes Licht, aus anderen Augen, denen des Abgeordneten. Aber dieses Licht ist irgendwie dunkel. Beide Strahlen treffen sich in der Mitte. Die Augen des Abgeordneten haben sich auch verändert, sie sind größer geworden, seltsam verändert, wie ein schwarzes Loch im Weltall.

Neben dem Abgeordneten stehen bewaffnete Männer und ein eleganter Herr, der soeben eine Tasse Tee trinkt. Das Gesicht des Abgeordneten ist zu einer grinsenden Grimmasse verzerrt. Sein Lachen klingt irgendwie wie das von

Juanín. Sein Gesicht wirkt wie das von Juanín, nur größer, intelligenter, reicher, klüger und eleganter. Er wirkt wie der größere Bruder, nur eben boshafter und leicht pervers.

Es hat den Anschein, als lieferten sich die beiden Lichtstrahlen ein Duell. Schließlich und endlich jedoch saugt das dunkle Licht das hellere auf und Juanín fällt schwerfällig vom Baum. Der "Graue" rennt zu ihm, um ihm zu helfen und nimmt ihn vorsichtig bei den Schultern. Juanín ist wie weggetreten. Der "Graue" bittet eine seiner Schwestern, ihm Wasser zu bringen. Vorsichtig schüttet er das Wasser über Kopf und Gesicht seines Freundes. Nach einem kurzen Moment reagiert Juanín und öffnet seine Augen. Sie sind traurig und gerötet.

Er stammelt zu seinem Freund: "Lass uns gehen, Grauer, lass uns in den Norden gehen...er hat gewonnen, er hat gewonnen."

Trotz wiederholter Forderungen, gibt es keine Antwort von der Regierung für die Streikenden. Im Gegenteil, es werden Befehle erteilt und befolgt. Das Militär nimmt Aufstellung. Auf der einen Seite erscheinen hundert Soldaten bis an die Zähne bewaffnet und fragen: "Worum geht es hier? Auf die Streikenden schießen? Nicht mit uns!" Sie weigern sich kategorisch.

Das Regiment aus Maipo jedoch nimmt auf der anderen Seite Aufstellung und auf der dritten Seite nehmen die Truppen aus Santiago unter der Führung eines Generals Aufstellung. Eine Seite ist noch unbesetzt, aber dann postiert sich hier der Mann mit dem schwarzen Licht. Eine Gruppe, die sich selbst "die weißen Gendarm" nennt, steht unter seinem Befehl. Der Abgeordnete, mit seinem verzerrten Gesicht, ist die Verkörperung des Grauens.

Die Arbeiter versuchen das Militär mit ihren Parolen und Schreien einzuschüchtern. Sie singen und schwenken die Nationalfahne. Aber, es ist ein ungleiches Treffen.

Es ist die Stimme der Macht, die befiehlt zu töten!

"Legt an ... schießt! Schießt jetzt, verdammte Scheiße!"

Man hört die ersten Schüsse, ein Arbeiter fällt um. Seine Freunde heben ihn auf und tragen den Leichnam in Mitten des Angriffs, durch Pferde, Kugeln und Säbel hindurch weg. Es ist ein sehr ungleicher Kampf. Von allen Seiten schießen sie auf die Arbeiter. Es fallen Frauen und auch Kinder. Verteilt auf dem Boden liegen sieben Leichen vor dem Gebäude der Tageszeitung des Abgeordneten. Lange Zeit sollte diese Zeitung den Beinamen "Siebentöter" tragen.

Die Stunden vergehen und die Kavallerie entlädt sich gegen die Meuterei der Streikenden. Valparaíso gleicht einem Schlachtfeld. Kugeln fliegen umher, es herrscht ohrenbetäubendes Geschrei, der Boden ist gepflastert mit Toten und Verwundeten. Einige Streikende zünden das Gebäude der Dampfgesellschaft auf der Suche nach dem Geschäftsführer an. Dieser jedoch wurde rechtzeitig gewarnt und flüchtet über die Dächer des Gebäudes. Andere versuchen das Gewehrfeuer mit Steinen zu beantworten.

Sechst Regimenter waren mit der Wiederherstellung der öffentlichen Ordnung beschäftigt. Acht Offiziere fielen und 20 Soldaten waren leicht verletzt. Auf der Seite der Streikenden gab es schon mehr als 30 Tote und über 200 Verletzte.

Die Augen schienen ihnen aus den Höhlen zu treten, die Brustkörbe taten ihnen von ihrem galoppierenden und verängstigten Herzschlag weh. Es schien, als wollte der Albtraum kein Ende nehmen. Die Kugeln fliegen und Trommelfelle platzen...

und...

Leonor, die Mutter vom "Grauen", wird von mehreren Kugeln getroffen. Die Seeleute, die Nachbarn, alle mitten in der Hölle, umarmen sich und klammern sich an den Leichnam der Arbeiterin und Anführerin. Sie klammern sich an die Frau, die auch manchmal Poesie erschaffen hatte.

Juanín geht einige Schritte beiseite, seine glühenden Augen suchen nach dem dunklen Licht und finden es nicht. Dann ballt er die Fäuste und sein Blick ruht auf der Familie und den Nachbarn. Er schließt die Augen ganz fest und atmet so tief ein wie er nur kann. Beim Ausatmen richtet er die ganze Luft seiner Lungen auf die Gruppe, die sich an Leonor in Mitten des Kugelhagels klammert.

...und es passiert etwas Seltsames.

Sie spüren eine warme Brise, die sie von Kopf bis Fuß einhüllt und sie fühlen, wie sie von diesem Platz der Hölle weggebracht werden.

... und eine große weiße Wolke mit einer klaffenden roten Wunde steigt in den Himmel hinauf.

Als hätte die Zeit einen Sprung gemacht, finden sich plötzlich Raúl, der "Graue" und seine Schwestern, Pedro, Teresa und Juanín allein auf dem Friedhof wieder und beerdigen die Freundin und Mutter. Sie wissen nicht, wie und warum diese Tränen auf das Gesicht von Juanín kommen. Sie erinnern sich nur an den Kugelhagel, daran dass Leonor fiel, an die Umarmung und dann an den warmen Luftzug, aber an nichts anderes. In dieser Nacht beginnen sie mit den Vorbereitungen für die Reise in den Norden.

Die Versuchung der Engel ...

Auf dem Gesicht von Juanín erscheint kein Lächeln mehr. Das Licht seiner Augen scheint erloschen zu sein. In seinem Kopf wirbeln viele Dinge herum. Er begehrt auf gegen diese schreckliche Ungerechtigkeit. Böse Gedanken attackieren ihn und sie fordern ihn zum Töten auf. "Alle, die den Befehl zum Töten gegeben haben, sollen sterben! Keiner soll übrig bleiben, denn sie sind böse. Sie verdienen es nicht zu leben, diese ehrgeizigen Kriminellen!

Aber um Gottes willen! Was denke ich mir dabei?! Die Gerechtigkeit wird siegen! Das Gute wird sich durchsetzen. Ja, das Gute im Menschen ist stärker. Das helle Licht wird das dunkle Licht aufhellen ohne es zu zerstören. Sie werden verschmelzen und der Menschlichkeit mehr Gewicht geben. Das Gute, immer das Gute, eines Tages ..."

Die Hand der kleinen Leonor berührt ihn am Arm und sie drückt ihr kleines Gesicht gegen ihn. Juanín schafft es so eben, seinen Kopf zu senken und den Kopf der Kleinen zu berühren.

Im selben Augenblick kommt das Licht in seine Augen zurück. "Grauer, Grauer, wir gehen in den Norden, bereitet alles vor, wir gehen in den Norte Grande[1]!"

Der Abgeordnete sitzt unruhig zu Hause und trinkt. In seinem Kopf wirbelt wieder alles herum. Genauso war es gewesen, als er so durcheinander gewesen war und sich gleichzeitig doch auch als ein Teil der Unterdrückten gefühlt hatte. Schnell schreibt er ein paar Zeilen auf ein Papier. Er gibt der Dampfgesellschaft die Schuld, denn diese hatte starrsinnig und dickköpfig den so passenden Vorschlag, einen Schiedsmann einzusetzen, abgelehnt. Er ruft einen seiner Assistenten herbei und beauftragt diesen, schnellstmöglich für die Veröffentlichung der Zeilen in seiner mächtigen Tageszeitung Sorge zu tragen. Und so geschah es!

Eine große Solidaritäts-Versammlung wurde in der Hauptstadt abgehalten und es wurde gefordert, die Schuldigen zur Verantwortung zu ziehen. Die Streikenden bestanden auf einer Vermittlung und erreichten, dass eine Gruppe "guter Männer" benannt wurde, die den Konflikt lösen sollten.

---

[1] Die Chilenen bezeichnen den Norden ihres Landes respektvoll als „Norte Grande". Dieser Begriff steht auch für die besonderen Lebensbedingungen und sollte nicht übersetzt werden. (Anm. d. Übers.)

Die Geschäftsführer der Gesellschaften waren jetzt einer Lösung gegenüber viel zugänglicher und brachten zum Ausdruck, dass sie nichts dagegen hätten, wenn die Arbeiter die Arbeit wieder aufnähmen.

Am 16. Mai 1903 kehrt Valparaíso wieder zur Normalität zurück. Der Bürgermeister von Valparaíso wird abgesetzt und es erscheint auf der Bildfläche ein Oberst mit Namen Silva Renard, der beauftragt wird, ein Ermittlungsverfahren gegen die Soldaten einzuleiten, die sich geweigert hatten, auf die Streikenden und ihre Familien zu schießen.

Das Berufungsgericht beauftragt vorläufig einen Richter mit der Aufklärung. Dieser wiederum gibt zu Protokoll, dass er kein Licht in die Angelegenheit bringen könne. Allerdings verurteilt er fast 200 Arbeiter zu unterschiedlichen Strafen. Die Abordnung der "guten Männer" befürwortet die meisten Forderungen der Streikenden. Forderungen, die später den Gesellschaften völlig unbekannt sein sollten. Die Gesellschaften hatten das letzte Wort in dieser Angelegenheit.

Kapitel II

El Norte Grande, deine Felder waren rot

(aus der Neuen Marseillaise des chilenischen Poeten Victor Domingo Silva)

Ich habe sie gesehen, dort in meinen fernen Bergen, die vielen armen Männer, die der rauen Bergkette die Eingeweide heraus reißen und sich in ihr versenken wie ein Reptil. Sie versenken sich in ihr, bis sie auf Grund stoßen und mit der Heldenhaftigkeit derjenigen, die furchtlos sind, holen sie unter Faust- und Hammerschlägen Steine aus ihr heraus.

Ich habe es gesehen, die schwüle Trockenheit der Pampa[2], das Loch, wie ein aufgerissener Brustkorb neben der offenen Rampe, den Spalt in der enormen Bauchhöhle dieser üppigen Erde, deren Boden in Kriegszeiten mit Leichen übersät war, den Riss in dieser Erde, verschwenderisch gefüllt mit Schätzen und das Herausreißen des Caliche[3], der viel mehr wert ist als Gold.

(Victor Domingo Silva, chilenischer Poet)

---

[2] Pampa del Tamarugal - eine tektonische Senke im Norden Chiles in der Atacamawüste. (Anm. d. Übers.)
[3] Gestein der Nitratlagerstätten der Atacama-Wüste aus Kies, Fels, Boden oder Flusssedimenten, welches durch lösliche Kaliumsalze zementiert ist und bis zwei Meter dick wird. (Anm. d. Übers.)

Sie spielten im verhexten Garten

Die Natur kann faszinierend sein, sogar wenn die Sonne alles verbrennt und dann plötzlich der Mond aufgeht, dir leuchtet und dich mit einer kühlen Brise begleitet, die dir in die Knochen dringt und dir dann die Zähne schmerzen von dem plötzlichen Temperaturwechsel. So ist die Wüste im Norden Chiles.

Sie kann faszinierend sein, auch ohne jegliche Vegetation oder nur mit einem einzigen Baum in der Ferne, der auf wundersame und magische Art und Weise immer in der Mitte des ausgetrockneten Terrains zu stehen scheint. Sie heißen "Pimiento" und es gibt noch einige von ihnen in dieser nördlichen Gegend Chiles. Sie sind stumme Zeitzeugen einer wilden Epoche. Sie wurden sich selbst überlassen und sie verstehen sich gut mit der Wüste.

El Norte Grande, gestern noch gehörte er zu Peru und Bolivien, wurde in einen blutrünstigen Krieg verwickelt, der die Wüste rot färbte und viele Menschen mit Scham erfüllte, andere jedoch mit Stolz und einigen Wenigen die Taschen mit Geld füllte. Denn der Salpeter, weißes Gold genannt, wächst nur hier im Norte Grande und die Welt kauft ihn zu einem guten Preis von diesen wenigen Besitzern, mit ihrer goldfarbenen Haut und ihren blonden Haaren, die auch in Südafrika und in Indien "die Besitzer" sind. Schließlich und endlich, so ist die Geschichte!

Diese Landschaft ist faszinierend. Auch diese weite Fläche füllt sich langsam mit Leben. Menschen arbeiten und schließen sich zu kleineren Gemeinschaften zusammen. Als sie immer zahlreicher werden, entstehen die "Oficinas". Drei Oficinas bilden ein Kanton. Einige wachsen noch mehr und verwandeln sich in richtige Dörfer.

In den frühen Morgenstunden gehen die Männer zur Arbeit, den Kopf gesenkt, gedankenverloren und Kokablätter kauend. Sie transportieren den Caliche in ledernen

Tragekörben oder Säcken auf der Schulter. Später benutzte man auch Eselskarren für den Transport. Nachdem der Caliche abgebaut wird und in Säcke verpackt ist, wird er zum Bahnhof gebracht und von dort aus zu den Häfen, um dort verschifft zu werden und dann die Felder der ganzen Welt zu düngen.

In den Zeiten, bevor es den Zug gab, sah man vereinzelte Gruppen bodenständiger Männer, die Kilometer um Kilometer mit ihrem Schichtführer zurücklegten und die Säcke auf ihren Schultern bis zum Hafen trugen. Die schweren Säcke verletzten die Männer an ihren Schultern und einige fielen bei dem Versuch, sie zu tragen hin. Ihre Säcke blieben in der Wüste liegen. Manchmal gab es andere, die ihren Platz einnehmen konnten und auf Geheiß des Schichtführers den Sack übernahmen.

Die Pampa, heiß am Tag und kalt in der Nacht, sah sie alle vorbeiziehen. Sie liefen schweigend, kauten Koka und kämpften gegen den Hunger und die Müdigkeit. Nach dem Krieg gehörte die Pampa im Norte Grande zu Chile. Die "Oficinas" wurden größer und entwickelten sich weiter. Die alte Art und Weise, den Salpeter abzubauen, verschwandt von der Bildfläche. Heutzutage wird der salpeterhaltige Boden mit modernen Maschinen verarbeitet.

Die Dörfer wachsen und tausende von Arbeitern kommen aus dem Süden Chiles, auch aus Argentinien, Peru und Bolivien. Es werden mehr Häuser und Zeltläger gebraucht und auch gebaut. Es ist unglaublich, wie sehr auch die unterschiedlichsten Formen der Ausbeutung dieser vielen Leute, die einfach nur Arbeit suchten, zunimmt. Eine Ausbeutung und Kontrolle durch Verwalter, die sich wie Feudalherren aufführten. Wenn man mit ihnen sprach, musste man die Kopfbedeckung abnehmen. Die meisten von Ihnen waren übrigens Engländer, von den Verwaltern versteht sich.

Da sein Haar und auch sein Gesicht heller waren als bei den meisten anderen, gaben sie ihm auch hier den Beinamen "der Graue", hier in der trostlosen Gegend im Norden Chiles. Er kam aus dem Süden, wie die meisten. Er kam aus Valparaíso mit seinem Vater und seinen zwei Schwestern. Seine Mutter hatte dort ihre Ruhestätte gefunden, nachdem sie durch die Kugeln der Soldaten bei dem traurigen Massaker von Valparaíso umgekommen war. Mit seinen kaum 17 Jahren fühlte er sich schon bereit dafür, mit seiner Hände Arbeit dazu beizutragen, die Familie zu ernähren und deshalb schrieb er sich in dem "Salpeterbüro" ein.

(Arbeiter auf den Salpeterfeldern mit ihren Schaufeln.)

Der Caliche, die Sonne, die Arbeit fingen an, ihn zu formen und stärker zu machen. Sein Gesicht verfärbte sich langsam ins bräunliche und seine braunen Augen schienen nun fast grünlich zu sein, jedenfalls manchmal, wenn er gerührt war.

Nicht nur sein Körper veränderte sich, auch sein Charakter. Er wirkte jetzt älter. Das Gesicht eines Jungen mit dem Blick eines Mannes. Verspielt und fröhlich sang er gern. Er wollte seine Kindheit noch nicht ganz aufgeben. Jeden Sonntag holte er Juanín ab und sie spazierten durch die Wüste. Sie sprangen über die Felsen voller weißem Gold, dem Caliche, nach dem die ganze Welt verlangte. Das Mineral, welches auf wundersame Weise die Pflanzen und Bäume wachsen, die Weiden grüner und die Engländer mit ihren einheimischen Geschäftspartnern immer reicher und stärker werden lässt.

So konnten sie Stunden verbringen und die Sonne verbrannte sie nicht, sie hatten auch weder Durst noch Hunger. Sie teilten ein Geheimnis, so wunderbar wie der Caliche. Juanín war sein bester Freund. Nur er verstand ihn. Von Juanín sagten sie, er sei der wundersamste Mensch aus dem ganzen Dorf, ein Dummkopf, beschränkt, der Arme tauge nicht einmal zum Arbeiten und schon gar nicht zum Studieren. Er konnte ja nicht einmal lesen oder schreiben. Manchmal blieb er Stunde um Stunde ganz still. Seine Eltern jedoch liebten und verwöhnten ihn. Sie dachten, dass Gott ihn eben so gemacht hatte. Sie passten auf ihn auf, halfen ihm bei allem und beteten ihn an. Juanín trug immer ein Lächeln auf dem Gesicht und sein Blick war so weich. Seine Mutter war davon überzeugt, dass sich in ihm ein Engel verbarg. Ihr Juanín, der Arme, ihr einziger Sohn! Nach ihm war seine Mutter Teresa nicht wieder schwanger geworden. Pedro, sein Vater, war durch die tägliche Arbeit abgelenkt und die Wut darüber, dass er die Unpässlichkeiten des Alltags, die so ungerecht für sie alle waren, ertragen musste, hatten ihm die Hoffnung geraubt

und den Willen verlieren lassen, noch mehr
Kinder zu bekommen. Er war zufrieden, so
wie es gekommen war. Ihm jedenfalls
erschien Juanín schon ein bisschen seltsam.
Er liebte ihn von ganzem Herzen. Er sah in
ihm seinen verrückten Liebling. Ja, verrückt
war er bestimmt, doch das machte dem
Vater nichts aus, schließlich war es ja sein
Sohn. Aber er hatte auch eine ganz
bestimmte Vorahnung, die er nicht richtig
erklären konnte, da das seltsame Verhalten
seines Sohnes ihn manchmal schon sehr
durcheinander brachte. Juanín hatte noch
nie geweint, noch nicht einmal wenn er
Hunger hatte oder fror, nein, niemals. Er
lachte eigentlich immer und deshalb glaubte
sein Vater, dass er ein übernatürliches
Wesen sein müsse. Pedro wusste nicht
warum das so war, er hatte nicht einmal die
leiseste Ahnung. Er musste immer daran
denken, wie Juanín sie in Valparaíso
gerettet hatte. Das Ganze war für ihn immer
noch wie ein Traum, etwas Übernatürliches.
Er hatte es niemandem erzählt, denn höchst-
wahrscheinlich würde man ihm sowieso
nicht glauben. Sie würden denken, er sei ein
Lügner oder ein Träumer.

An diesem Sonntag bekam der "Graue"
plötzlich Hunger, als sie zwischen den
Steinen herum sprangen. "Juanín, heute
möchte ich Brot mit Avocado essen! Seit
fast vier Jahren schon habe ich das nicht
mehr gegessen. Und ein bisschen

44

Limonade! Jetzt will ich erst mal keinen Tee mehr."

Juaníns Augen, die Augen eines Engels schlossen sich und er sprach: "Schließe die Augen "Grauer", schließe deine Fäuste ganz feste und kehre in deinen Gedanken zurück nach Valparaíso. Geh auf den Markt, öffne deine Fäuste und such dir die Avocado aus, die du haben willst... eine die schön weich ist, mein Freund! Jetzt die Zitronen, den Zucker und das Brot...vergiss auch nicht den Krug mit dem Wasser! Reise dorthin mein Freund und kehre dann zurück! Ich sitze hier und warte auf Dich."

Hätte sie jemand bei diesem Gespräch belauscht und den Gehorsam des "Grauen" erlebt, wie er die Augen und die Fäuste schloss, der würde Mitleid mit den beiden Jungen empfinden. Es vergingen einige Minuten und die zufriedenen Gesichter der beiden Jungen schienen zu sagen: "Was für eine leckere Avocado! Und was für eine Limonade! Sogar besser als die aus Valparaíso....mhm!"

"Unser Kleiner ist schon verrückt und seltsam, meinst du nicht Teresa?"

"Ja klar, mein Lieber! Er ist seltsam, weil sich ein Engel in seinem Körper versteckt. Das ist passiert, bevor er geboren wurde. Ich glaube, ich habe es gespürt, als es passierte! Erinnerst du dich an das Seebeben? In dieser Nacht ist es passiert. Ich bin mir sicher, denn erst hatte ich ganz viel Angst und dann verschwand die Angst ganz plötzlich und ich konnte eine ganze Zeit lang nicht aufhören zu lachen. Danach hatte ich nie wieder Angst."

"Nie wieder, Teresa? Auch nicht, als wir in den Norden gekommen sind?"
"Nie wieder, mein Lieber! Ich schwör's dir, ich brauche nur Juanín anzusehen und schon ist alles wieder gut."

Er selbst hatte auch nie Angst. Es war schon spät und seine Eltern sprachen immer noch über ihn. Er habe keine Angst, weder vor dem Feuer, noch vor den Kugeln, meinten sie. Die Nächte in der Wüste waren kalt und durchdringend, wenn sie alle zusammen so um die Feuerstelle herum saßen. Die Feuerstelle mit ihrer schwarzen Kohle, die knisternd und mit roter Flamme brannte. Auf ihr konnte man das Wasser für den Tee erwärmen. Das hatten Sie von den Engländern übernommen. Vielleicht war es sogar das einzig Gute, was die blonden Besitzer der "Salpeterbüros" mitgebracht hatten: Der warme Tee, in den man sein Brot eintunken konnte, damit es nicht mehr ganz so hart war. Brot und Tee, mehrmals am Tag, und der Hunger ging.

Teresa, die treue Gefährtin in der Not, eine

Frau mit einem Herzen aus Gold, sie hatte praktisch die Töchter ihrer Freundin, die an jenem schrecklichen Tag von Kugeln durchsiebt worden war, adoptiert. Sie zeigte ihnen alles was sie wusste, vor allem dann, wenn Raúl, der starke Arbeiter, mit seinem Latein bei seinen Töchtern am Ende war. Das galt natürlich ganz besonders bei speziellen Frauenthemen.

"Bitte Teresa, erkläre du es ihnen! Du bist eine Frau wie sie! Ich schäme mich, und ich weiß gar nicht, wie ich es ihnen erklären soll. Wenn Leonor noch bei mir wäre, dann wäre das was anderes."

Und so war es dann auch bei Leonorcita. Bei ihr kam alles sehr früh, denn trotz ihrer erst 11 Jahre war sie schon sehr reif. Die Mädchen verwandelten sich in junge Frauen, mit all den Problemen, die junge Frauen so haben. Sie nahmen an den wenigen Kursen teil, die man hier von den "Salpeterbüros" angeboten bekam. Daher konnten sie gut lesen und schreiben und wie ihre Mutter, waren sie auch sehr neugierig. Alles wollten sie wissen und meistens fragten sie ihre "Tante Teresa", denn so nannten sie sie.

Tante Teresa kam es so vor, als würde die kleine Leonor ihrem Juanín viel hinterher schauen. Es störte sie nicht, aber es bereitete ihr ein wenig Sorgen, wenngleich auch nur ein kleines bisschen, denn ihr Sohn war schließlich ein wenig merkwürdig. Sie konnte ihn sich einfach nicht als verliebten Jungen vorstellen. Außerdem konnte der Arme ja nicht einmal arbeiten. Er hatte keine Kraft und war ein bisschen beschränkt. Er lachte ja nur den ganzen Tag. Eines Tages fragte Leonor: "Tante Teresa! Wie hat es meine Cousine Lucila geschafft, noch mehr zu lernen und jetzt Lehrerin in Coquimbo zu werden? Kann ich auch so werden?"

"Natürlich, mein Kind.", antwortete Teresa, "Deine Schwester auch, aber dafür müsstest du schon weit verreisen! Erst bist du dran, weil du die Größere bist. Dann kann Margarita dir nachkommen. Nun gut, man müsste das erst einmal mit deinem Vater besprechen. Vielleicht kann man das in Iquique machen. Das ist näher und danach kann man vielleicht in den Süden, nach Santiago gehen. Das weiß ich nicht so genau."

"Wann fahren wir nach Iquique, Tante?"

"Am ersten Mai, aber das ist noch ein Geheimnis. Sag es bitte noch nicht Margarita! Wir werden meine Cousine Rosa besuchen, weil sie bestimmt für uns die ganzen Zeitungen aufgehoben hat, in der Lucila ihre Artikel veröffentlicht hat."

Das Mädchen hüpfte beinahe vor Freude.

Ihr kindliches Gesicht erstrahlte in einem dankbaren Lächeln für ihre "unechte" Tante.

Teresa dachte oft an ihre Freundin Leonor. Sie dachte an ihre Stärke, ihren Kampf und ihre Leidenschaft für die Lektüre. Wie glücklich sie immer gewesen war, sobald sie Neuigkeiten aus Elqui von ihrer Nichte Lucila erhalten hatte, die ihr süße und unschuldige Gedichte geschrieben hatte. Leonor hatte ihr immer geantwortet und ihr Ratschläge in Frauensachen erteilt. Das Gleiche tat Teresa jetzt mit ihren Kleinen, auch wenn sie noch so jung waren. Teresa hatte sich vorgenommen, diese Tradition beizubehalten und sie konnte es erst gar nicht glauben, als sie eine Tageszeitung in der Hand hielt. Eine Tageszeitung! Und gedruckt! Lucila hatte dort eines ihrer Gedichte veröffentlicht und sie schrieb auch über andere Themen, die ihr gefielen. Ihre Cousine Rosa aus Iquique kam manchmal an diese Zeitungen ran und schickte ihr diese dann so gut es ging weiter.

Einfach nur Lucila ...

Lucila, mit ihrer kupferfarbenen Haut, ihren indianischen Zügen und den hellen Augen, ein genetisches Vermächtnis ihres baskischen Großvaters, sie las und schrieb schon als kleines Kind. Geboren worden war sie in einem Dorf im Inneren des Tales, dort wo der Himmel das schönste Blau trug und die Hügel von Terrassen übersät waren, einer Erbschaft der Eroberer vom Stamme der Inka. Auf diesen Terrassen konnte man alles anbauen und bewässern, ohne das Wasser zu verschwenden, denn das Wasser wurde manchmal wegen der großen Trockenheit knapp. Die einzigen vagen Erinnerungen an ihre Tante Leonor hatte sie an deren Gesicht und das süße Lächeln. Sie hatte ihre Tante gesehen, als sie sie das einzige Mal in Begleitung ihres Vaters besucht hatte. Sie war damals erst vier Jahre alt gewesen. Danach hatte ihr Vater die Tante nie wieder besucht. Die Briefe ihrer Tante Leonor leisteten ihr gute Gesellschaft. Leonores süßes Lächeln schien sich in den Briefen wieder zu spiegeln und es machte die Zeilen lebendiger. Ihre Worte schienen einem eigenen Takt zu folgen. Wie gut sie formulierte! Lucila antwortete mit ihren eigenen Worten, die sie dem Takt eines griechischen Tanzes folgen ließ. Sie tat dies alles trotz ihres kindlichen Alters. In ihrem letzten Brief erzählte Leonor von ihren Kindern, ihrem Mann Raúl und davon, was sie zusammen im Hafen erlebt hatten. Sie erzählte von dem Kampf der Arbeiterfrauen und was sie für die Zukunft erreichen würden. Sie schrieb auch, dass den Kindern der letzte Brief von Lucila mit dem Gedicht sehr gefallen habe und dass sie keine Angst haben solle, es zu veröffentlichen, wenn sie die Chance dazu bekäme. Sie solle weiter studieren und die Prüfung zum Lehrer ablegen. Sie schrieb auch noch, dass sie sie sehr lieben würde und hoffen würde, dass Lucila bald die ganze Familie kennen lernen würde, denn schließlich wäre es ja auch ihre eigene Familie. Leonor erzählte ihr, dass ihr Sohn eher helle Haare und grünliche Augen wie sie habe und dass er ihrem Bruder ähnlich wäre, dem Vater von Lucila, den man nicht wieder gesehen hatte und von dem man annahm, dass er mit einem Schiff nach Europa gefahren war.

"Deine Augen, kleine Nichte,
deine Worte, sie klingen wie sanfte Musik.
Du bist wie mein Bruder,
dein Vater,
der mir und dir
und deiner Mutter
den Mund mit salzigem Geschmack gefüllt hat,
als sich auf dem Pfad, den er wählte
seine Fußspuren verloren."

So endete der letzte Brief, den sie von ihrer Tante Leonor, die sich um sie sorgte und die

51

die Schwester ihres verschollenen Vaters war, erhalten sollte.

Die Nachrichten haben Flügel, besonders die schlechten Nachrichten und so zittern die Hände von Lucila, als sie den letzten Brief von Leonor in den Händen hält. Sie las ihn ein um das andere Mal, um irgendeinen Hinweis auf das tragische Schicksal dieser Frau zu finden, die nicht nur ihre Tante gewesen war, sondern auch eine Mutter, eine Kämpferin und eine Poetin und die unter dem mörderischen Kugelhagel derer hatte fallen müssen, die aufgrund eines ungerechten Befehls getötet hatten, einfach nur um zu töten. Die Tageszeitung hatte Recht, es war ihre Tante Leonor, die Anführerin der Arbeiterinnen, die von Kugeln durchsiebt worden war. Diese so geliebte Brücke, die sie mit ihrer väterlichen Herkunft verband und von der sie diese leuchtende Kraft erhalten hatte, die sie die Dinge im Takt der Musik sehen ließ, und deren Leidenschaft sie geerbt hatte, durch die sie die Worte in ihrem eigenen Rhythmus niederschreiben konnte, von dieser Tante würden keine weiteren dieser wunderschönen Briefe und Gedichte, die ihr beigebracht hatten, die Dinge poetisch zu umschreiben, mehr kommen. Ihr süßes Lächeln war einfach nicht mehr.

Was wird wohl mit Raúl und ihren Cousins geschehen? Nach einer Weile konnte sie wieder Kontakt aufnehmen zu Ihrem "Onkel" Raúl und seinen Freunden, insbesondere zu Teresa, die auf die Cousinen aufpasste. Immer wenn sie konnte, schrieb sie nach Iquique, damit Ihre Verwandten sich im dortigen Postbüro ihre Briefe abholen konnten. In diese Briefe schrieb sie immer auch ein Gedicht für Ihre kleinen Cousinen.

Sie folgte immer noch den Ratschlägen ihrer märtyrerhaften Tante. Sie hörte nicht auf, Gedichte zu schreiben oder zu studieren. Sie las alles, was sie in die Finger bekam. Sie gewann an Erfahrung und von Tag zu Tag wusste sie mehr. Sie schrieb für die Tageszeitung "Die Stimme von Elqui" und für das Magazin "Halbschatten". Sie erteilte den Kindern der Dorfgrundschule Unterricht und betätigte sich als Schulrätin und Sekretärin im Mädchengymnasium der Stadt.

Sie war der Meinung, dass sie nun genug Erfahrung habe und bewarb sich bei der staatlichen Schule, damit man dort ihre autodidaktisch erworbenen, pädagogischen Fähigkeiten anerkennen würde und ihr die Berufsbezeichnung "Lehrerin" verleihen würde.

Die staatliche Schule erhielt ihre Bewerbung und fing an, das Ganze intern zu diskutieren. Letztendlich überwog die

Meinung des Priesters, des Kaplans der Einrichtung, der sich mit folgendem Argument der Annahme des Antrages widersetzte:

"Die Texte, die Fräulein Lucila in einem lokalen Magazin, mit dem Namen "Halbschatten" veröffentlicht, sind ein wenig sozialistisch und etwas heidnisch. Die Artikel, die sie in der Tageszeitung "Die Stimme von Elqui" veröffentlicht, sind noch schlimmer. Wir haben eine gefährliche Frau vor uns, die respektlos gegenüber der öffentlichen und heiligen Ordnung ist und die die Aufgaben und Pflichten, die Gott zuerst dem Mann und dann der Frau übergeben hat, nicht anerkennt. Deshalb widerspreche ich aufs Schärfste. Es wäre ein schlechter Präzedenzfall, den diese staatliche Schule nicht dulden kann. Lesen Sie bitte, was diese Frau gerade veröffentlicht hat!"

"Die Stimme von Elqui" im März 1907

"Bildet die Frauen! Es gibt keinen Grund, warum Frauen als minderwertig gegenüber den Männern angesehen werden sollten. Frauen zu bilden heißt, ihnen ihre Würde wiederzugeben und ihnen zu helfen aufzustehen. Es heißt, ihren Horizont zu erweitern und viele Opfer aus ihrer Degradierung heraus zu reißen.

Es ist wichtig, dass Frauen aufhören können um Schutz betteln zu müssen, und dass sie leben können, ohne ihr Glück für eine dieser abstoßenden modernen Ehen opfern zu müssen oder ihre Tugend durch den Verkauf ihrer Ehre zu verlieren. Meistens ist es der Fall, dass die Erniedrigung der Frau von ihrer Schutzlosigkeit herrührt.

Woher kommt diese dumme Idee vieler Eltern, dass sie die Wissenschaft von ihren Kindern fernhalten müssen. Etwa weil die wissenschaftliche Lektüre die religiösen Gefühle ihrer Herzen verändern würde? Wie würdig ist doch die Religion eines Wissenden? Wie groß ist doch der Gott, vor dem der Astronaut steht, nachdem er die Weiten des Weltalls erkundet hat?

Ich würde der Jugend die Lektüre dieser Glanzlichter der Wissenschaft bedingungslos zur Verfügung stellen, damit sie staunen können über das Studium der Natur und sie sich über deren Schöpfer ein Bild machen können. Ich würde ihnen den Himmel des Astronauten zeigen, nicht den des Theologen. Er würde ihnen das Weltall mit all seinen verschiedenen Welten zeigen und nicht nur von Sternen sprechen. Ich würde sie in alle Geheimnisse einweihen. Und dann, nachdem sie alle Werke kennen gelernt haben, nachdem sie wissen, was die Erde und das Weltall ist, dann sollen sie daraus ihre eigene Religion bilden, aus dem, was ihnen ihre Intelligenz, ihre Vernunft und ihre Seele sagt. Warum sollte man nicht dafür sorgen, dass die Frau auch nur ein wenig Bildung erhält? Wenn auf der ganzen Welt Frauen, egal welchen Alters, wie Tiere gehalten wurden und wie die Sklavinnen der Zivilisation behandelt wurden, wie viel Intelligenz ist hier in der Dunkelheit ihres Geschlechts verloren gegangen, wie viele Genies haben nur in dieser verwerflichen Sklaverei gelebt, ungenutzt und ignoriert.

Bildet die Frauen! Es gibt keinen Grund, warum die Frauen als minderwertig gegenüber den Männern angesehen werden sollten. Es muss mehr geben als nur ihre Tugend, die sie an den Respekt, die Bewunderung und die Liebe glauben lässt.

Wenn Ihr das schöne Geschlecht bildet, werdet Ihr weniger armselige, fanatische und untaugliche Frauen haben. Die Sonne der Wissenschaft soll mit all ihrer Macht ihre Köpfe erleuchten. Die Frau soll ihren Wert selbst erkennen und aufhören die Kreatur zu sein, die in ihrem Elend vor sich hin vegetiert, wenn der Vater, der Ehemann oder der Sohn sie nicht beschützt. So werden weniger Frauen in Ungnade fallen und es wird weniger Schatten für die Hälfte der Menschheit geben und mehr Würde in ihren Häusern. Bildung macht arme Geister edel und prägt ihnen große Gefühle ein. Lassen Sie sie die Wissenschaft mehr lieben als Schmuck und Seide. Sie sollen wissenschaftliche Bücher in ihren Händen halten, wie sie sonst nur das Handbuch der Gottesfurcht halten."

"Das ist fast eine Gotteslästerung! Und ich wiederhole noch einmal, meine Herrschaften, ich widersetze mich!", wiederholte der katholische Priester.

Diese kraftvolle Meinungsäußerung des Priesters sorgte dafür, dass Lucila umgeben war von einer Mauer des Zweifels und ihr Ruf war nun beschädigt. Auf diese Weise wurde ihr der Titel einer Lehrerin für die nächsten drei Jahre verwehrt. Sie veröffentlichte jedoch weiterhin ihre Artikel und aus ihrer Feder kamen Wahrheiten, die die Interessen der Machos in dieser Epoche des Jahrhunderts verletzten.

Es kommt der 1. Mai 1907

Der "Graue" und Juanín vertrieben sich die Zeit in der steinigen Wüste wie an jenem Sonntag, als sie von der Limonade träumten.

"Trinken wir noch etwas Limo, Grauer?", fragte Juanín.

"Nein mein Freund, diesmal wirst du mir einen größeren Gefallen tun. Ich will mit meiner Mutter sprechen. Kannst du das tun?"

"Ich weiß nicht, was ich dir sagen soll, es ist etwas schwierig, was du da verlangst, aber ich kann es ja mal versuchen. Vielleicht reicht meine Kraft ja aus."

Juanín setzte sich hin und hielt seinen Kopf mit beiden Händen fest. Es fühlte sich an, als durchquere ein Wirbelsturm seinen Körper. Plötzlich glaubte er eine sanfte Stimme zu hören, die zu ihm sagte: "Nur dieses eine Mal, Juanín. Es gibt Grenzen und sag ihm, dass er sie wird sehen und hören können, aber nicht anfassen und es wird nur dieses eine Mal passieren. Niemals wieder auf diese Art und Weise."

Juanín hielt inne und schaute seinen Freund an. Es schien, als spräche aus seinen Augen die ganze Wüste mit dem "Grauen". Der

"Graue" fühlte, wie seine Beine zitterten und ein starke Müdigkeit seine Augenlieder nach unten drückte. Plötzlich sah er sich selbst, wie er mit Leonor, seiner Mutter, sprach. Sie sah noch genauso aus, wie damals. Das gleiche Kleid, der gleiche durchdringende Blick, der ihn immer so viel Geborgenheit gegeben hatte. Es kam ihm so vor, als würde sie lächeln. Er war verstummt und konnte nicht sprechen. Er wollte so viele Dinge fragen, aber jetzt erinnerte er sich an gar nichts mehr. Er konnte einfach nicht reden. Das bloße Betrachten dieser Frau reichte aus. Es war gar nicht notwendig, Worte zu wechseln. Er fing an ein leichtes Murmeln zu hören. Es kam aus dem Mund seiner Mutter und es hörte sich an wie das Plätschern eines fröhlichen Baches, wie glasklares Wasser, das über Steine hinweg plätschert. Er strengte seine Ohren an, er wollte diesen Gesang verstehen. Jetzt war es stärker und klarer zu verstehen. Sie sagte:

"Ich liebe Euch, mein Sohn, ich liebe Euch alle! Pass auf deinen Vater auf, er muss weiter machen. Auf Wiedersehen, mein Sohn, vergiss nicht, dein Vater muss weiter machen."

Der "Graue" glaubte, dass das kristallklare Wasser seine Stirn berührte und sein ganzes Gesicht fühlte sich erfrischt an. Seine Beine zitterten nicht mehr, er war auch nicht mehr schläfrig. Mit weit geöffneten Augen schaute er seinen Freund an und konnte nur die folgenden Worte hervorbringen:

"Danke, Juanín!"

Das Leben um die "Oficinas" war ein sehr anstrengendes Leben, fast so wie in der Sklaverei und es war von einer unmenschlichen Unterwerfung für diejenigen gekennzeichnet, die die härtesten Arbeiten erledigen mussten. Der Wert der Menschen wurde nicht geschätzt. Jedoch ohne diese Menschen würde das weiße Gold diejenigen, die es besaßen, nicht so unbeschreiblich reich machen.

Die Verwalter der "Oficinas" konnten den Menschen beschämende Strafen auferlegen. Seine Jugend war das einzige, was René, einen Kollegen und Freund des "Grauen", vor dem sicheren Tod rettete, als er draußen die Fußspange[4] angelegt bekam. Die Luft der Wüste, eiskalt in der Nacht und ofengleich am Tag. Man erzählt sich, dass

---

[4] Im Original steht das Wort "cepo". Das ist ein Folterinstrument, welches schon im Mittelalter benutzt wurde. Dem Gefangenen werden die Füße zwischen zwei Eisenstangen fixiert und er kann damit nicht weglaufen. In Chile wurden unbequeme Arbeiter häufig zu mehreren nebeneinander mit diesen Spangen (hier sind sie aus Holz) angebunden, so dass sie die gesamte Zeit ihrer Strafe sitzend oder stehend verbringen mussten. (Anm. d. Übers.)

eine Art Schatten manchmal an seiner Seite auftauchte und ihm die Stirn und den Mund benetzte. Als er nach vier Tagen losgebunden wurde, erzählte er seinen Freunden, dass ein Schatten ihm süße Limonade und an einem Tag sogar Brot mit Avocado gebracht hatte. Alle lachten sie ihn aus, aber es war ihnen auch einleuchtend, dass sein Zustand hierfür verantwortlich war, nachdem er vier Tage die Fußspange getragen hatte. Sie freuten sich jedoch sehr, dass ihr Freund mit dem Leben davon gekommen war, nachdem er vier Tage mit den Füßen an einer Stange angebunden, dort neben anderen Bestraften in der Sonne gesessen hatte.

Durch diese Strafe starben einige. Doch das war für die Verwalter ohne Bedeutung, denn man wollte diese "subversiven, dreisten Säufer und kaputten Scheiß-Indios" einschüchtern.

Die Arbeiter erhielten einen Teil ihres Geldes in Gutscheinen ausgezahlt, die sie dann im örtlichen Kolonialwarenladen (genannt "Pulpería") gegen Lebensmittel eintauschen konnten. Diese Läden hatten das absolute Monopol und ihre Besitzer waren die Besitzer der "Salpeterbüros". Was von ihrem Gehalt, das höher war als im restlichen Land, übrig blieb, konnten einige sparen, um damit für einige Zeit in den Süden zurückkehren und dort zeigen zu können, dass es ihnen besser ging. Sie konnten mit dem Geld ihren Familien helfen oder ein Fest nach dem anderen mit den Kumpels und den leichten Mädchen feiern, bis sie dann nichts mehr hatten. Dann kehrten sie in den Norden zurück, um wieder neues Geld zusammen zu sparen.

Die Arbeiter durften sich nicht öffentlich versammeln, um ihre Angelegenheiten zu besprechen. Dafür empfing sie aber die Einsamkeit der Pampa. In den Abbaugruben versteckten sie sich nachts und besprachen ihre Dinge. Durch die Entstehung von neuen Siedlungen in der Pampa von Tarapacá, dem Norte Grande, wurde der geeignete Ort geschaffen, die Arbeiter von mehreren "Salpeterbüros" zu versammeln. Langsam begannen sich die Arbeiter zu organisieren und es entstand ein Bewusstsein darüber, dass sie ein unglückliches Leben führten. "Zusammen sind wir stärker!", war das Motto der neuen Generation. Die Söhne der Pampa, Kinder von Chilenen aus dem Süden, Mestizen mit chilenischer, bolivianischer und peruanischer Herkunft, Mestizen mit spanischer, slawischer, arabischer und englischer Herkunft, verheiratet oder auch nicht mit Chileninnen, sie alle begannen sich zu versammeln. Alle waren sie Söhne der Pampa, gestählt durch die harte und mühsame Arbeit, geformt durch das Elend und die Ungerechtigkeit.

Die Löhne, wenngleich sie höher waren als im Rest des Landes, begannen an Wert zu verlieren. Die Qualität der Lebensmittel, meist aus dem Süden importiert, lies nach und wurde immer schlechter. Die Löhne fielen weiter, die Arbeits- und Lebensbedingungen wurden schlechter und parallel zu diesen Ungerechtigkeiten entstand, wie in einer großen Flut, die Gewerkschaft der Arbeiter. Man hatte Vorbilder aus anderen Ländern. Es gab immer mehr Anführer, wie es auch Leonor bei den Frauen aus Valparaíso gewesen war, und viele Männer bereisten das Land und riefen zum Kampf auf gegen die Ungerechtigkeit. Langsam aber sicher entwickelte sich Raúl in dem Bezirk seiner "Oficina" zum Anführer der Pampinos, der Söhne der Wüste.

Im Norte Grande schossen Versammlungs-lokale und Niederlassungen der "Federación Obrera de Chile"[5] wie Pilze aus dem Boden. Die aktivsten Zentren waren Pampa Unión, Yungay, Mejillones, Antofagasta, Taltal, Catalina und Refresco, Tocopilla und Baquedano. Einige der Vertretungen hatten in ihren Lokalen einen kleine Laden, andere betrieben eine kleine Druckerei.

Die Arbeiter versammelten sich, um ihre

---

[5] große Gewerkschaft, 1909 gegründet. (Anm. d. Übers.)

Probleme zu analysieren. Es wurden anschauliche Konferenzen gehalten, es wurden Abkommen über zukünftige Arbeitskämpfe geschlossen, über Streiks, Forderungen etc. Es wurden Theaterstücke mit solidarischem Inhalt aufgeführt, deren Einnahmen für notleidende Familien oder für die Kollegen, die zur Weiterbildung in den Süden reisen mussten, zur Verfügung gestellt wurden. Die betreffenden Lokale waren mehr als nur ein Versammlungsraum für die Arbeiter, sie boten den Arbeitern so etwas wie ein Zuhause.

Der Abgeordnete traf sich mit einigen Gleichgesinnten und Industriellen, um die Situation aus ihrer Sichtweise zu diskutieren. Die Stimmung war feindselig.
"Die Situation schreitet unaufhörlich fort. Die Arbeiter werden von außen beraten. Es gibt alles unter ihnen, sogar internationale Anarchisten die extra Gelder aus dem Ausland bringen, um das Chaos anzuheizen.", bekundet der Abgeordnete mit dem durchdringenden Blick und dem dunklen Licht.

"Wir die Industriellen", sagt einer der Anwesenden, "sind stets auf der Hut, was im Untergrund passiert und wir haben Pläne, wie wir diese Bewegung im Keim ersticken können. Man muss ihnen eine Lektion erteilen. Das ist das Einzige, was hilft. Sie verdienen es nicht anders."

"Entschuldigung!", erwidert der Abgeordnete, "Meinen Sie etwa noch mehr Tote?"

"Ja genau, Herr Abgeordneter, wie in Valparaíso, wie in Antofagasta … nach diesen Aktionen kehrt wieder Ruhe ein und … die Dinge nehmen einen zivilisierteren Lauf. Vergessen Sie das nicht und fangen Sie an, daran zu arbeiten. Die Exekutive muss immer auf so etwas vorbereitet sein und schnell agieren können, wenn die öffentliche Ordnung und der Privatbesitz betroffen sind. So macht man das überall auf der Welt. Aus Argentinien haben wir eine gute Nachricht erhalten. Die wissen schon, wie man solche Demonstrationen in den Griff bekommt …"

Der Kopf des Abgeordneten füllte sich mit flüchtigen Bildern von Angriffen zu Pferd, Säbelhiebe, Schüssen, Kinderleichen, Frauen, dort in Valparaíso. Er erinnerte sich daran, wie er selbst einige der Aktionen geleitet hatte. Er erinnerte sich daran, dass er es war, der die Behörden überzeugt hatte, keine Einigung mit den Arbeitern zu erzielen und den Aufstand nieder zu schlagen. Ein starker Schmerz durchfuhr ihn. Sein Kopf hörte nicht auf, sich zu drehen.

"Warum gerade ich?", schien er zu sagen, aber aus seinem Mund kam kein einziges

Wort. Im Gegenteil, er blieb stumm, sein Blick war starr, wie in Trance. Ein grässlicher Kampf fand in seinem Inneren statt, schon wieder dieser Wirbelsturm in seinem Kopf. Es fühlte sich an wie heiße Nadeln, die mit seinem Blut seinen ganzen Körper durchfluteten. Sie entstellten sein weißes Gesicht mit den blauen Augen und schließlich gewann "etwas" die Oberhand in ihm und seine klare und wie immer kräftige Stimme ertönte: "Selbstverständlich! Wir werden jetzt nicht nachgeben, weder jetzt noch irgendwann. Unsere Werte stehen auf dem Spiel."

Andere im Raum denken: „Gehen Sie ruhig. Dieser Abgeordnete weiß schon, wie man so eine Sache regelt. Auch wir haben Nachrichten von unseren guten Kollegen, den argentinischen Abgeordneten, erhalten. Allerdings sind diese gerade dabei, den Umsturz der Regierung dieses großartigen Nachbarlandes zu organisieren."

In der wunderbaren Wüstennacht, wenn die Arbeiter und ihre Leute sich schon in den tiefsten Träumen befinden, dann schläft "die Oficina" auch. Der strahlend blaue Himmel mit seinem Mond schien sich mit der glanzvollen, majestätischen Wüste zu unterhalten. Genau dort, im Süden des amerikanischen Kontinentes, dort findet man den klarsten Himmel der Welt.

Der Boden ließ sich abkühlen von dieser eisigen trockenen Kälte, nachdem er tagsüber von den feurigen Fingern der Sonne so verbrannt worden war, dass er sogar schon geknirscht hatte. Die Geister vieler Eingeborener mit ihren Säcken auf den Rücken, auf dem Weg zum nächsten Hafen, transportierten das weiße Gold und kauten dabei Kokablätter. Sie liefen auf trostlosen Wegen durch diese prachtvolle Wüste im Norte Grande. Auf diesem langsamen Marsch fielen einige, mit ihren geschundenen und gebeugten Schultern hin oder blieben immer wieder stehen. Wie groß musste der Lebenswillen dieser menschlichen Geschöpfe sein?

Der "Graue" sprach mit seinem Vater. Der 1. Mai rückte näher. In allen Städten des Landes feierte man Feste. Die Arbeiter würden nicht zur Arbeit erscheinen. Seit ihrer Gründung im Jahre 1900 war die Mancomunal stetig gewachsen. Nicht nur die Seeleute, auch die Leute aus der Brotfabrik, die Näherinnen, die Schuhmacher, die Angestellten bei der Eisenbahn und die Minenarbeiter hatten sich angeschlossen. Die größer werdenden Organisationen gaben den Menschen, trotz der vergangenen Kämpfe und der erlittenen Verluste, immer mehr Zuversicht. Die letzten sieben Jahre waren sehr fruchtbar gewesen und so wie es lief, würde man den Arbeitern bald mehr Rechte zugestehen:

eine gerechte Entlohnung, Abschaffung der Bestrafungen, Arbeitstage von jeweils neun oder acht Stunden, einen freien Warenverkehr, um das Monopol der Pulpería zu beenden, ein sonntäglicher Ruhetag, kostenlose Abendschulen für die Arbeiter, Verteidigung der nationalen Industrie und noch viel mehr.

"Wer von uns geht hin, Vater? Die Mädchen können nicht alleine bleiben!"

"Wir gehen alle, mein Sohn. Wir arbeiten für sie und wir kämpfen für sie. Sie sind ein Teil dieses Kampfes. Deine Mutter hätte es so gewollt. Vergiss nicht, dass sie schon groß sind, fast so groß wie deine Cousine Lucila, die ja schon für die Tageszeitungen schreibt und in der Schule unterrichtet. Sie müssen den Arbeitskampf kennen lernen und ihn in sich aufnehmen. Es gibt keinen anderen Weg für uns."

Das gegerbte Gesicht des ehemaligen Seefahrers und jetzigen Caliche-Arbeiters ließ keinerlei Zweifel zu. Sie hatten ihren Weg gewählt und es war der richtige Weg. Sie konnten nicht mehr zurück. Sie kämpften für die Zukunft, damit sich die Vergangenheit, deren Zeuge sie vor vier Jahren in Valparaíso gewesen waren und in der sie ihren größten Schatz, ihre Mutter, verloren hatten, nicht wiederholen würde. Wenn er weitermachte, dann machen auch sie weiter.

Er hatte seine Frau verloren; diese mutige Gefährtin, auf die er immer noch hörte und von der er seine Kraft zu bekommen schien, obwohl er nicht einmal wusste weshalb. Leonor schickte nun ihre Gedichte durch ihre Nichte, die brünette Lucila aus Elqui. Sie trug den Geist von Leonor in sich. Beide Frauen waren aus dem gleichen Fleisch, schrieben mit der gleichen Poesie und forderten die gleiche Gerechtigkeit und Liebe.

Der "Graue" bewegt seinen Kopf wie im Zweifel, aber dann ist er einverstanden: "Ist gut, Vater."

Mit seinen Freunden und Arbeitskollegen (sie alle leerten die Güterwagen mit der bloßen Schaufel) planten sie, nicht nur zusammen auf die Demonstration zu gehen, sondern auch in eine der Bars von Iquique. Dort wollten sie die "Mädchen" kennen lernen, die sie, wie sie es schon oft von den Größeren gehört hatten, in das Reich der unbekannten Vergnügungen entführen konnten. Die Jungen, gerade erst 17 Jahre alt, wollten zu Männern werden. So jedenfalls nannten sie es.

"Vater, meine Freunde und ich, will wollen den Besuch in Iquique nutzen, um ein paar Orte kennen zu lernen. Geht das in

Ordnung?"

"Du bist schon erwachsen, mein Sohn. Du solltest schon etwas mehr vom Leben kennen lernen. Immer an meiner Seite und immer arbeiten, das geht nicht so weiter. Pass nur gut auf dich auf und vermeide es zu viel Alkohol zu trinken! Denk daran: An dem Scheiß-Leben, das wir führen, sind nicht nur die reichen Chefs schuld, sondern auch unsere Schwächen und ganz besonders der Alkohol. Dadurch verrohen wir und sind zu jeder Schandtat bereit. Ich vertraue dir sehr, mein Sohn, und ich liebe dich. Gehr ruhig, aber sei immer vorsichtig, und sei kein Dummkopf. Entschuldige, wenn ich das so sage."

"Danke Vater, ich passe gut auf mich auf, mach dir keine Sorgen!"

"Grauer, mein Sohn, hör mir zu. Das Treffen in Iquique wird großartig werden. Wir treffen uns alle in der dortigen "Oficina" und dann laufen wir zusammen in die Stadt, das ist alles schon so geplant. Das wird unser Festtag, aber ein kämpferischer. Die Kollegen haben mich dazu auserkoren, im Namen der Pampinos dort in Iquique zu sprechen. Was hältst du davon?"

"Ich finde das gut, Vater. Dann kann ich dir deine Worte nur zurück geben und will dir auch sagen, dass ich auf dich vertraue und dass du gut auf dich aufpassen sollst. Für mich bist du der Beste! Sicher schaut Mama dir von oben zu. Sie wird sehr zufrieden mit dir sein!"

Am Morgen des 1. Mai 1907 wachte die Stadt Iquique auf. Sie wurde geweckt durch die Aufmärsche und die Freude von tausenden singenden Arbeitern, die ihre Angelegenheiten in ihren Straßen und auf ihrem Marktplatz besprachen und kommentierten. An diesem Tag legten alle die Arbeit nieder und in dem "Salpeterbüro" ganz in der Nähe sahen sie die Arbeiter näher kommen. Auch hier hatte man aufgehört zu arbeiten und reiht sich ein in die Feier des "Tages der Arbeit". Die ganze Stadt feierte ein riesiges Fest.

Die Stadt Iquique war nicht die einzige, die sich so stark an dieser Feier beteiligte. Sie war eine von vielen aus dem kleinen Land im Süden der Welt, bei der auch der Aufruf, sich nicht der Resignation hinzugeben, angekommen war. Diese Stimmen, sie kamen jetzt von überall her, aus Argentinien und auch aus Europa.

Chile mit seinen Städten wie z.B. Santiago, der Hauptstadt, erlebte die größte Ansammlung an Arbeitern in der Geschichte dieses Tages, an dem für so viele Dinge gekämpft wird, manche eigentlich eher klein, aber dennoch wichtig und gerecht. Alle machten sie mit, die Schuhmacher, die Werkstätten, die Näherinnen, die Maurer, die Bäcker, alle versuchten sie, ihrer Stimme des Protestes Gehör zu verschaffen, ob in Valparaíso, Talca, Chillán, Victoria, Concepción, Valdivia im Süden und Taltal, Tocopilla, Antofagasta und Iquique im Norden. Dieser dünne Streifen Land am Ende der Welt wurde erschüttert vom Geschrei seiner Arbeiter, die sich organisierten und protestierten.

Die chilenische Armee war in Alarmbereitschaft versetzt. Der Kreuzer "Esmeralda" stand bereit, hielt in der Bucht von Iquique Wache und wartete auf weitere Befehle. Die Soldaten säuberten ihre Waffen, so wie man es ihnen gezeigt hatte. Sie streichelten sie und behandelten sie wie eine Freundin, sie stand für alles, was ihnen ihre Vorgesetzten beigebracht hatten.

In Iquique wird immer noch gefeiert und die Märsche finden auf allen Straßen statt. Es gibt keine Unordnung, nur Schreie aus den Kehlen der Arbeiter. Es wird gesungen und man sieht die Fahnen vieler lateinamerikanischer Länder. Viele lachen, andere befinden sich mit gerunzelter Stirn wie in Trance, während sie aufmerksam darüber wachen, dass die Leute nicht außer Kontrolle geraten. Das wäre fatal, sie wissen das, denn so ist es schon einmal geschehen und es muss verhindert werden, dass es wieder passiert.

Raúl ist nervös, er bereitet seine Rede als Vertreter der Pampinos vor. Sie haben so viele Anlässe und Gründe, um sich bei den "Salpeterbüros" zu beschweren. Nervös, aber in dem festen Glauben, dass das, was sie tun richtig ist, sind sie davon überzeugt, dass man so eine Verbesserung für das Leben aller erreichen wird. Die wichtigste Versammlung wird auf der Plaza Central[6] stattfinden, wo alle Aufmärsche zusammen laufen werden. Sie rechnen damit, dass die Veranstaltung so um die ein Uhr herum beginnen wird und bis circa drei Uhr nachmittags andauern wird. Danach will man noch ein bisschen Spaß haben und sich dann auf den Rückweg zu den "Oficinas" und zur Arbeit machen, zurück in die Eingeweide dieser Wüste, die sie zu einem ihrer Söhne gemacht hat.

Seine Freunde, mit denen er so viele Stunden zusammen gearbeitet hat, begleiten ihn. Zusammen lesen sie ein um das andere Mal die Worte, die Raúl sagen wird. Dann ist es so weit. Gleich wird er auf das Podium steigen, einen tiefen Atemzug machen und seine Rede vor tausenden, erwartungsvollen Zuhörern halten. Genauso war es an jenem schrecklichen Tag in

---

[6] Entspricht Hauptplatz. (Anm. d. Übers.)

Valparaíso, an dem seine mutige Frau gesprochen, die Leute mit ihrer Rede mitgerissen und protestiert hatte, nur damit sie anschließend in dem Kugelhagel der Soldaten fiel.

"Dieses Mal ist alles gut und es wird keine Kugeln geben, nicht wahr Genosse?", fragt Raúl Pedro mit einem Zittern in seiner Stimme.

"Nein Kumpel, diesmal scheint alles ruhig zu sein. Es gibt keinen Grund, warum sie es tun sollten. Es ist eine Feier und kein Streik. Nur ruhig bleiben, Genosse, und sag alles, was du zu sagen hast und vergiss nicht, dass wir auf dich zählen!"

"Es ist wahr Pedro, es gibt keinen Grund, vor so einem Unglück, wie es uns passiert ist, nochmal Angst zu haben. Hoffentlich passiert so etwas nie wieder, mein Freund."

Diesen ehrlichen Wunsch Raúls teilen viele der Anwesenden. Andere denken da ganz anders. Sie denken, dass man so viel Druck ausüben muss, wie nur irgend möglich. Es ist ihnen egal, wie viel Blut für eine gerechte Sache vergossen wird. Sie denken, dass sich die Dinge schon ändern werden ... und dann …

Teresa hatte ihren "Stiefnichten" deren besten Kleider angezogen und es waren keine besonderen Kleider. Frisch gebadet, gekämmt und zufrieden begaben sie sich auf den Weg, um ihre Cousine Rosa zu besuchen. Danach, so gegen ein Uhr, wollten sie sich zu dem Platz begeben, auf dem die Hauptveranstaltung stattfinden sollte, um dort den Rednern zuzuhören.

Es war ein schönes Treffen nur unter Frauen. Rosa war überglücklich wegen des Besuchs. Die Mädchen strahlten, weil sie endlich einmal in der großen Stadt waren. Diese Stadt unterschied sich so sehr von den "Salpeterbüros" und Teresa war so gerührt, endlich einmal jemanden zu treffen, mit dem sie über ihre Träume als Arbeiterin sprechen konnte; so, wie sie es früher immer mit ihrer innigen Freundin Leonor in Valparaíso getan hatte.

Wasserdampf stieg aus den halbvollen Teetassen auf. Englischer Tee war es, wie sollte es anders sein. Es gab auch ein paar Eierkuchen, extra für diese Gelegenheit gebacken. Es herrschte eine absolut friedliche Atmosphäre.

"Ich habe eine wunderbare Überraschung für dich, Teresa. Lucila hat mir noch eine Zeitung geschickt, in der sie nicht nur ein paar Gedichte abgedruckt haben, sie haben auch eine wunderbare Schrift abgedruckt, in der sie die Frauen verteidigt und dafür wirbt, dass man ihnen die gleiche Bildung

und Ausbildung zukommen lassen soll, wie
den Männern. Und wenn man bedenkt, dass
sie gerade mal 17 Jahre alt ist. Wie
wunderbar, nicht wahr?"

"Oh, wie schön Rosa! Vor kurzem hat die
kleine Leonor so etwas Ähnliches von mir
gewollt. Sie will studieren und lehren wie
Lucila. Margarita will, glaube ich, auch
weiter studieren, nicht wahr meine Kleine?"

"Ja, Tante, ich will noch mehr studieren,
damit ich mal so werde wie meine Mutter.
Ich will zu den Leuten sprechen können, so
wie sie. Ich will lesen und es den anderen
beibringen."

Vier Frauen in einem Raum. Vier Frauen,
zwei Generationen, die sich zusammentun
und gemeinsam den Widerstand gegen die
Resignation in sich spüren. Auf die ein oder
andere Weise wissen sie bereits, dass sie
genauso viel wert sind, wie die Männer. Sie
haben das Beispiel von Leonor vor Augen
und jetzt ihre Cousine Lucila, die in der
Lage ist, schöne und klare Dinge zu
schreiben und zu sagen, aber auch
manchmal Wahrheiten von sich zu geben,
die hart und von Protest erfüllt sind.

"Tante, liest du uns vor, was die Cousine in
der Zeitung geschrieben hat?"

"Ja, meine Kleine. Lass uns mal sehen, hier

steht das Datum, der 8. März und die Zeitung heißt "Die Stimme von Elqui". Es ist ein bisschen sehr lang, aber ich werde euch alles vorlesen. Das ist sicherlich sehr wichtig für euch. Und der Text geht so:

" Bildet die Frauen! Es gibt keinen Grund, warum Frauen als minderwertig gegenüber den Männern angesehen werden sollten. Frauen zu bilden, heißt, ihnen ihre Würde wiederzugeben und ihnen zu helfen aufzustehen. Es heißt, ihren Horizont zu erweitern und viele Opfer aus ihrer Degradierung heraus zu reißen ..."

Wie gut die kleine Lucila ist. Solange es Frauen wie sie gibt..."

Die kleine Leonor lauschte der Lektüre ihrer Tante und fühlte sich wunderbar berührt von dem, was ihre Cousine geschrieben hatte. "Es scheinen die Worte eines so weisen Menschen zu sein!"

Die Erinnerung an ihre von Kugeln durchsiebte Mutter erfüllte sie mit Traurigkeit. Die Erinnerung an ihre Mutter, wie sie auf der Tribüne vor tausenden von Menschen, die ihr applaudierten, sprach, erfüllte Sie mit Stolz. Die Zuneigung ihrer Tante half ihr und stärkte sie. Sie zeigte ihr den richtigen Weg, und Juanín, für ihn war sie so voller Gefühle. Sie liebte ihn genauso wie einen Bruder. Sein Blick, der immer von einem Lächeln begleitet war, erfüllte sie mit einer Stärke und mit einer unbeschreiblichen Sicherheit. Es war nicht wie eine Liebe, die ein Liebespaar vereint, es war eher wie die Liebe zwischen zwei Engeln. Es war die Liebe zu guten Taten, zu einem gemeinsamen Lachen, die Freude darüber, ein Spiel gemeinsam zu gewinnen. Es war diese Liebe, nicht die andere. Ihre kleine Schwester Margarita war da schon eher etwas weiter. Jeden Tag dachte sie an Männer und schaute ihnen nach. Sie fand sie wunderbar und sehnte sich nach ihnen, aber nicht, um nur mit ihnen zu spielen. Auch sie spürte das Feuer des Kampfes gegen die Ungerechtigkeit in sich und ihre Rebellion war sehr explosiv, ohne dass es ihr etwas ausmachte, wen sie gerade vor sich hatte. Ihr Charakter half ihr dabei, bei der Erledigung der täglichen Aufgaben nicht müde zu werden. Sie beschäftigte sich schon früh damit, endlich arbeiten gehen zu können. Sie wollte bereits in der Fabrik anfangen und endlich außer Haus arbeiten. Als sie schließlich mit elf Jahren ihre Menstruation bekam, war sie in keinster Weise verzweifelt. Mit der Kaltschnäuzigkeit eines selbstsicheren Menschen bekam sie auch dieses Problem in den Griff und kam alleine damit zurecht. Anschließend ging sie zu ihrer Tante Teresa, ihrer zweiten Mutter, und erzählte ihr davon. Sie war nicht erschrocken, sie war eigentlich glücklich. Endlich war sie eine Frau.

Die kleine Leonor war immer noch in sich versunken und meditierte über die weisen Worte ihrer Cousine und deren enorme Bedeutung. Sie beide, ihre Schwester und sie, sie würden auch Frauen werden wie Lucía und wie es auch Leonor gewesen war, ihre mutige Mutter und ihr Vorbild. Und es sollte am besten viele von ihnen geben, dann wäre die Welt eine bessere Welt. Die kleine Leonor war Feuer und Flamme für diesen Gedanken.

Die Gegend um den Vorplatz des Zollgebäudes von Iquique barg viele Geheimnisse. Geschichten aus anderen Zeiten, Zeiten des Krieges zwischen Brüdern, die wie blutrünstige Hunde miteinander umgegangen waren. Schuld waren Diejenigen, deren Gier auf die Reichtümer der Wüste so groß gewesen war. Schuld waren Diejenigen gewesen, in deren Fleisch sich bereits der Dorn des Geizes und der Habgier gebohrt hatte und der sie von dort aus zu den schrecklichen Ungerechtigkeiten und Kriegen verleitet hatte.

Manche sagen, dass das Haus von "Tante Meche"[7], welches eines der vielen Bordelle

---

[7] Meche ist die Abkürzung von Mercedes. (Anm. d. Übers.)

von Iquique ist und älter als der Krieg zu sein scheint, immer schon den Chilenen gehört hatte. Sie behaupten das, weil die alte Meche, die Mutter dieser Tante, auch Chilenin gewesen war. Sie stand damals unter dem Schutz des peruanischen Generals, der für die Stadt zuständig gewesen war und für alle irgendwie „der Mann von der Meche" war.

Man sagte auch, dass das Haus den "Behörden" immer wohl gesonnen gewesen sei und deshalb hätte es niemals Probleme gehabt. Man erzählte sich auch, dass anscheinend die alte Meche eine Spionin der Chilenen gewesen sei und dass sie eine Abmachung mit einem chilenischen Geheimoffizier gehabt habe, in den sie verliebt gewesen sei. Dieser Agent soll sich als betuchter Händler ausgegeben haben, um bei der Meche ordentlich Geld lassen zu können. Es wurde auch berichtet, dass er dem Wein sehr zugetan war, die Weiber liebte und ganz besonders natürlich die "Meche". Er soll sie insgeheim hinter dem Rücken des peruanischen Generals erobert haben, damit sie im Bett geheime Informationen aus dem peruanischen General für ihn heraus bekommen konnte. Die Meche soll das angeblich richtig gut gemacht haben, da sie mit ihren Reizen den Peruaner regelrecht eingewickelt hatte. Er soll so fasziniert von ihr gewesen sein, dass er ihr viel zu viel erzählte und die Meche sich manchmal sogar dafür schämte und ihn mit ihren Küssen zum Schweigen brachte. Oft presste sie ihm auch ihre großen Brüste, in die er völlig vernarrt war, auf den Mund, nur damit er schwieg.

Das alles waren gute Gründe, warum das Haus von der "Meche" das beste Bordell der Stadt war. Es war berühmt für seine zärtlichen Frauen und auch nachdem Iquique nach dem Krieg in die Hände der Chilenen überging, lief es noch sehr gut. Obwohl die Alte es nie bestätigt hatte, erzählt man sich auch, dass "Tante Meche" die Tochter des chilenischen Offiziers gewesen sei. Der chilenische Offizier soll angeblich nach dem Krieg aus Iquique verschwunden sein. Die Einen versicherten, dass er gestorben sei, die Anderen sagten jedoch, dass er in den Süden gegangen sei, wo ihn seine Familie erwartete. Er soll dann angeblich in ein Regiment in Concepción versetzt worden sein und die Liebe zur Meche war angeblich nur eine Fassade im Auftrag der Spionage. Zutreffend jedoch war, dass die alte "Meche" das Haus auch weiterhin führte und ihre Tochter aufzog, jedoch war sie nicht mehr die Gleiche. Sie lebte wie in Trauer und ließ die Weinflasche nicht mehr los. Nie wieder hat man einen Mann an ihrer Seite gesehen. Die Tochter wurde "kleine Meche" genannt und sie wuchs zwischen all den Frauen im Bordell auf, die wie die Bienen ihre zukünftige

Königin aufzogen. Sie ernährten die Kleine nur mit den besten Lebensmitteln, sie brachten ihr die unglaublichsten Geheimnisse bei, nämlich wie man einen Kunden zufrieden stellt, damit er noch mehr Geld da ließ.

Die "kleine Meche" war aus dem richtigen Holz geschnitzt, um später mal eine gute Chefin zu werden. Sie war ein einfaches Mädchen, immer lieb zu ihrer Mutter und den Frauen, die auf sie aufpassten. Sie war immer aufmerksam. Sie lernte schreiben und rechnen. Sie lernte, dass dies ihr Leben war und kein anderes. Sie lernte ihre Grenzen kennen und zu akzeptieren, sie war aber auch eine Frau "von Welt". Sie hörte wie ihre Mutter immer zu ihr sagte: "*Mein Töchterchen, du darfst den Männern nie vertrauen, die sind nur dazu da, um ihnen das Geld abnehmen zu können. Begehe nicht die Dummheit, dich in einen von ihnen zu verlieben, denn dann wirst du so enden wie ich: voller Erinnerungen und Wut und Lust, was Dummes anzustellen. Wenn du nicht wärst, dann wäre ich schon unter der Erde. Verlieb Dich niemals, mein Kind, hör auf mich!* „

Eine ihrer vielen "Tanten" hatte schon die Lust in ihr entfacht, als sie sie badete, abtrocknete, parfümierte und sie dann anzog. Schon als sie noch ganz jung war, fühlte sie das Feuer in ihrem Fleisch, ihrem

Blut und ihren Knochen. Auch wenn es die Hände einer Frau waren, wenn sie von ihnen berührt wurde, war sie erregt. Sie hatte es aus Scham verbergen können, aber in dieser vom Sex erfüllten Atmosphäre ließ sie ihren Phantasien freien Lauf. So wie sie zur Frau wurde, übernahm sie die Leitung des Bordells. Sie kaufte ein, kontrollierte, dass ständig genügend Permanganat[8] im Hause war, denn die Sicherheit ging vor. "Man muss gut auf seine Ware aufpassen, meine Mädels! Und vor allem die Typen sollen sich richtig waschen, es soll ja nicht sein, dass sie sich oder uns anstecken!" Sie sorgte auch dafür, dass die Laken den ganzen Tag über immer wieder gewechselt wurden. "Das ist das beste Haus am Platz, die Sauberkeit geht vor!" , hörte man sie immer wieder sagen. Sie war die teuerste von allen Mädchen. Sie sparte sich diskret für einige höhere Beamte und Männer mit Geld, mit viel Geld, auf. Die hochrangigen Militärs stritten sich freundschaftlich um sie und sie pflegte ihnen fürsorglich zu antworten: "Nicht streiten, es ist genug für alle da." Sie war zufrieden mit ihrem Leben.

Ihre Mutter wachte eines Morgens nicht mehr auf, sie war einfach eingeschlafen und gegangen. Die Totenwache und die

---

[8] Gemeint ist Kaliumpermanganat, welches in Wasser gelöst zur Desinfektion benutzt wurde. (Anm. d. Übers.)

Beerdigung der "Meche" war eine wichtige Nachricht in Iquique. Es kamen viele gekrönte Häupter, Neugierige, es gab viel Kaffee, Wein und Tee und vor allem viele ehrliche Tränen auf den Wangen "der Mädchen des Hauses". Die "kleine Meche" blieb die ganze Zeit über standhaft, wie es sich für eine wirkliche Chefin gehört. Sie organisierte alles, tröstete die Mädchen und nahm die Beileidsbekundungen vieler Kunden entgegen. Sie weinte nur, als sie alleine in ihrem Zimmer war und daran dachte, wer jetzt für immer von ihr gegangen war. Dann riss sie sich jedoch wieder zusammen und nahm die Zügel wieder in die Hand. Erst als sie auf dem Friedhof waren und kurz bevor die Erde auf ihren Sarg nieder fiel, näherte sich ein junger Mann mit kurzen Haaren und militärischem Aussehen, aber in ziviler Kleidung. Er ließ eine Medaille an einem dreifarbigen Band auf den Sarg dieser bedeutenden Frau fallen. Die Medaille machte beim Aufprall ein merkwürdiges Geräusch und alle schauten sich an. Der junge Mann jedoch entfernte sich rasch. Die Medaille blieb auf dem Sarg liegen und man konnte so etwas erkennen, wie die Worte: "Für die Verdienste um das Vaterland". Auch die besten Augen konnten es von oben nicht genau lesen, aber so etwas soll auf der Medaille gestanden haben.

Von diesem Tag an war die kleine Meche

die neue Chefin. Jetzt war es das Haus der "Tante Meche", denn so sollten die Kunden sie jetzt nennen. Sie war die Tante von allen. In ihrem Haus wurden die "intimsten Wünsche" von Beamten, Militärs und Minenarbeitern erfüllt. Das älteste Gewerbe der Welt konnten alle in Anspruch nehmen, mit der einzigen Bedingung, dass sie Geld hatten.

Der Festakt auf dem Platz in Iquique war großartig. Die Redner drangen mit feurigen Worten in das Gewissen ihrer Zuhörer ein und spornten die anwesenden Arbeiter an. Das gleiche passierte fast überall im ganzen Land. Als Repräsentant der Pampinos, wie die Calichearbeiter genannt wurden, erntete Raúl den meisten Applaus. Er war wie verändert, er strahlte wie noch nie zuvor. Er war ein richtiger Anführer. "Rädelsführer" wurde er abfällig von den Tageszeitungen der Regierung, den Besitzern der Salpeterminen und den Herren des Landes genannt.

Als der Hauptfestakt beendet war, zerstreuten sich die anwesenden Männer, Frauen und Kinder und einige waren sehr fröhlich, als sie sich auf den Heimweg machten.

Der "Graue" und seine Freunde gingen zu dem Platz vor dem Zollgebäude. Zuerst aber gingen sie in eine Kneipe, um etwas zu essen und die Zeit ein wenig totzuschlagen, denn sie wussten ja, dass das Haus von "Tante Meche" erst um fünf Uhr öffnen würde. Ihre jugendliche Vorfreude begann eine verheerende Auswirkung auf sie zu haben. Der eine konnte nicht essen, dem anderen bekam der Backfisch nicht. Dem "Grauen" zitterte ein Bein und er konnte einfach nicht still halten.

Es kam die Stunde der Wahrheit und sie traten völlig verschüchtert in das Haus ein. Sie wussten später nicht einmal mehr, woher sie den Mut genommen hatten, einzutreten. Aber sie taten es. "Habt Ihr Geld dabei, Jungs?", war so ziemlich das Erste, was sie zu hören bekamen. Aus ihren Kehlen kam nur ein Murmeln: "Ja, wir haben zusammen gelegt. Wird das so reichen?"

"Geht mal durch, in den großen Raum! Hier entlang Jungs! Die Mädels kommen gleich, wartet einfach einen Moment.", so sprach die Frau, die ihnen die Tür geöffnet hatte, freundlich zu ihnen. Die Herzen sprangen den Jungs förmlich aus der Brust. So feste schlugen sie vor lauter Aufregung vor diesem Abenteuer, das so simpel war und zugleich doch so viel beunruhigender als die Arbeit mit der Schaufel in der Hand und dem Caliche vor sich.

Die "Tante Meche" war noch eine junge

Frau und beobachtete die Jungs von ihrem Spezialversteck aus. Von dort aus beobachtete sie immer die Ankommenden, und manchmal suchte sie sich zu dieser frühen Stunde einen Mann für sich selbst aus. Zwei oder drei der besten Männer eines Tagesgeschäftes nahm sie immer für sich. Sie hatte ihren Spaß und wurde auch noch dafür bezahlt. Gerade die jungen, die aber schon aussahen wie Männer, mit ihrer von der Arbeit gegerbten Haut, die gefielen ihr am besten. Sie fragte bei einer der Mädels nach, ob diese wohl herausfinden könnte, ob einer der Jungs noch Jungfrau war. An diesem Tag hatte sie Lust darauf, einmal wieder die Lehrmeisterin zu sein. Drei von den Vieren erfüllten die Voraussetzungen für ein Treffen mit der Chefin. Es sollte ihr erstes Mal werden. "Schickt mir den mit den hellen Augen!", befahl sie und man führte den "Grauen" in das Zimmer der "Tante Meche". Das war ein richtiges Privileg, er ahnte das aber zu diesem Zeitpunkt noch nicht.

"Wie heißt du, mein Herzblatt?", fragte Tante Meche. Der "Graue" wusste nicht, was er machen sollte und blickte voller Schüchternheit vor sich auf den Boden. Er kannte dieses Gefühl so noch nicht. Dann schaute er in ihr Gesicht und sein Blick glitt über den anmutigen und schönen Körper dieser Frau. Er fand sie wunderbar und er konnte kaum antworten. "Man nennt mich den "Grauen" und Sie, wie heißen Sie?", konnte er soeben noch stotternd hervorbringen.

"Ich bin die Tante Meche und für dich bin ich die Mechita. Du bist sehr nervös, mein Herz, mach es dir gemütlich. Ich werde dir einen Schluck servieren, der dir gut tun wird."

"Nein danke, Mechita, ich trinke nicht...noch nicht."

"Also gut, dann zieh halt deine Kleidung schon mal aus und dann komm, ich werde dich erst mal waschen."

Dieses Spiel gefiel Meche immer sehr. Alle wurden sie bei Ihrem Anblick nervös. Sie beherrschte sie nach Lust und Laune. Sie bereitete das Wasser mit Permanganat vor und wartete auf ihren neuen Prinzen, um ihn in diese neue Welt einzuführen. Allerdings gefiel ihr der Junge aber auch. Als er sich dann schüchtern vor ihr auszog, entdeckte sie unter der Kleidung einen athletischen, von der Wüstensonne gebräunten Körper. Die tausenden Male, die er während seiner Arbeit die Schaufel geschwungen hatte, hatten seinen Körper gut durchtrainiert werden lassen. Unterwürfig näherte er sich der Frau und ließ sich in seinem Intimbereich von ihr waschen. Die zarten Berührungen ihrer Hand erregten ihn. Das

Blut in seinem Körper fing an zu kochen und ein nie gekanntes Gefühl der Leidenschaft begann ihn zu erfüllen. Er wagte es, seine Hand auszustrecken und die Haare der Frau zu berühren.

"Du bist sehr süß!", entfuhr es ihm mit einem leisen Murmeln, das ihm aus der Seele zu kommen schien. Sie schaute ihn ein wenig überrascht an und lächelte ihn dann an.

"Danke mein Schatz, jetzt geh, krieche unter die Laken und warte dort auf mich! Jetzt wasche ich mich noch und dann komme ich zu dir.", sagte Tante Meche.

Wie eine Maschine gehorchte der "Graue" ihr und ging langsam zum Bett. Er legte sich hin während er der Symphonie lauschte, die sein Herz tief in seinem Inneren von sich gab. Es schien alles ein wunderbarer Traum zu sein, was er da gerade erlebte und er betrachtete aufmerksam die schöne Frau.
Wenige Schritte vor dem Bett, begann auch sie sich auszuziehen. Die Flamme einer Kerze beleuchtete in Bescheidenheit ihren Körper. Zuerst fiel ihr roter Rock, dann die Bluse und die Unterwäsche. Der "Graue" war wie verzaubert von diesen Schultern und diesen Brüsten. Er streckte seine Beine unter den Laken aus und die Berührung mit dem Stoff fühlte sich an, als würde er

gestreichelt. Das Warten erschien ihm beinahe endlos zu sein, bis sich auf einmal die Laken hoben und er auf sich die Zärtlichkeit und die Küsse dieser Frau spürte. Ihre Schenkel ließen ihn fast verrückt werden, die Bewegungen ihrer kreisenden Hüften, das Auf und Ab auf seinem Körper ließen ihn jetzt beinahe zerbrechlich wirken. Dieser starke Körper, der die Sonne und die Kälte der Wüste ertragen hatte und jeden Tag aufs neue damit beschäftigt war die Kalkkruste der Wüste abzutragen, fühlte sich jetzt ganz schwach an. Es war wie ein langsamer, ermüdender Kampf. Jetzt war er es, der sich auf ihr bewegte. Er spürte unter sich diesen sanften, zuckenden und stöhnenden Körper. Die Stimme der Tante Meche, die ihm Worte der Liebe in sein Ohr hauchte, umgab ihn, wie eine glänzende Wolke, die seinen Blick trübte, bis er auf einmal explodierte mit einem Schrei, der tief aus seinem Inneren zu kommen schien. Er hatte das Gefühl, aus eben dieser Wolke zu fallen, ein endloser Fall, in einem wunderbaren Strudel, der ihn sanft mit sich zog, wie die Hände seiner süßen Mechita. Danach fühlte er sich wie von leiser Musik eingehüllt und hatte das Bedürfnis, sich einfach nur auszuruhen. Er spürte, wie die junge Frau einen Arm unter seinem Hals durchschob und seinen Kopf zu sich auf diese wunderschönen, vollen Brüste zog.

Auch sie war ermattet und fühlte eine warme Müdigkeit, die sie merkwürdigerweise bis dahin noch nie gefühlt hatte. Zu ihr, der besten von allen, der, die alles wusste und kannte und schon in jungen Jahren viele Erfahrungen gesammelt hatte, kam dieser junge Mann und ließ sie solche Dinge fühlen! In ihrem Kopf erklangen die Worte ihrer Mutter: "Die Männer, meine liebe Tochter, sind nur dazu da, ihnen das Geld abzunehmen, und sonst für gar nichts. Schau, ich habe mich nur einmal verliebt und jetzt siehst du, wie es mir geht. Ich quäle mich mit Selbstmordgedanken und anderen Dingen. Wenn du nicht da wärst, hätte ich es schon längst getan." Sie lächelte mit geschlossenen Augen. Wie wundervoll es sein muss, verliebt zu sein, dachte sie bei sich.

"Komm! Du musst aufstehen, mein Sohn! Geh du nur rüber zu dem Waschbecken und wasch dich gut ab. Du musst gehen. Kommst du bald wieder? Wenn du kommst, dann vergiss bitte nicht, nach mir zu fragen. Ich werde auf dich warten. Du hast das ziemlich gut gemacht, dafür dass es dein erstes Mal war. Hat es dir gefallen?" Sie war eigentlich nie verlegen um Worte, aber jetzt musste sie sich schon sehr anstrengen, damit man ihr die Nervosität nicht anmerkte.

Brav gehorchte der "Graue". Er erhob sich, voller Scham wusch er sich und zog sich an. Es kam der Moment des Abschieds. Seine Stimme kehrte allmählich zurück.

"Vielen Dank, Mechita, das war sehr schön! Ich werde das ganz bestimmt nie vergessen. Du bist toll.", sagte er ihr und schob hinterher: "Ich werde wiederkommen, ich war gerne mit dir zusammen. Ciao, Mechita, bis bald!"

Tante Meche überkam ein ganz besonderes Gefühl. Dieser junge Mann hatte sie mit seiner Schüchternheit und gleichzeitig sanften Forschheit erobert. Es berührte sie, von ihm das Wort "toll" zu hören. Es schien die Wahrheit zu sein. Er sagte es ganz anders als die anderen Männer. Bei ihm schien es wirklich wahr zu sein. Er war einzigartig und sie glaubte ihm. Sie war glücklich. Sie umarmte ihn und gab ihm einen sanften Kuss auf den Mund während sie die Hand in seine Hosentasche steckte und zu ihm sagte:

"Behalte dein Geld, mein Schatz! Hebe es für das nächste Mal auf. So kann ich sicher sein, dass du wieder kommst."

Das war das erste Mal, dass Meche einem Mann Geld gab. Sie gab aber nicht einfach nur das Geld zurück. Sie wollte, dass dieser Moment nichts mit Bezahlung zu tun hatte.

Sie hatte eine Glückseligkeit empfunden, die sie vorher noch nie kennengelernt hatte und die sie nicht erwartet hatte. Für diesen einzigartigen Moment wollte allenfalls sie bezahlen, der Junge hatte es sich verdient.

Der "Graue" verstand die Geste nicht, er konnte gerade noch sagen:

"Danke Mechita, ich werde bald wieder kommen, das versichere ich dir."

Die Arbeiter und ihre Familien waren bereits in ihre Häuser zurück gekehrt, die Leute aus dem "Salpeterbüro" waren noch auf dem Weg. Der "Graue" und seine Freunde sprachen über das soeben erlebte. Teresa und ihre Nichten waren noch ganz aufgeregt wegen der Zeilen, die Lucila geschrieben hatte. Raúl und Pedro dachten bereits an die nächsten Schritte, die sie zu unternehmen hatten.

Die Truppen waren in ihren Behausungen, die Marine hatte den Abend frei bekommen. Der Platz vorm Zoll und die nähere Umgebung füllte sich langsam mit Leuten und natürlich auch mit Kunden.

Der Widerhall des 1. Mai 1907 ebbte langsam ab. Die hohen Herrschaften aus Iquique und aus den Salpeterminen fingen langsam an, sich Sorgen zu machen. Es war die Angst vor den Arbeitern, die durch die

Organisation Mancomunal und die anderen Gewerkschaften immer größer wurde. Es war die Angst vor der Widerstandsbewegung, vor der großen Gewerkschaft "Federación de Obreros". Überall hatten die Menschen angefangen, sich zu organisieren. Das war für die Besitzer des Kapitals aber gar nicht gut. Die öffentliche Ordnung könnte gestört werden, sie empfanden das als Bedrohung für sich und ihren Besitz. Aus allen Ecken kamen plötzlich Hintermänner, Anführer und Drahtzieher der Unordnung, Feinde der Gesellschaft und deren Ordnung, Feinde des Gesetzes, das von würdigen Vertretern für das öffentliche Wohlergehen geschaffen worden war.

Tante Meche und ihre Mädchen fuhren wie gewohnt fort, ihre Dienste zu erweisen. Die Anspannung war jedoch jeden Tag mehr zu spüren.

**"Die Liebe, sie tut so weh ...
und manchmal ist sie unser Tot."**

Auch wenn er tagsüber wie gewohnt hart arbeitete, schlief der "Graue" jetzt nicht mehr so tief, wie früher. Seinem Freund und Vertrauten Juanín erzählte er alles. Er fühlte sich irgendwie anders. Es war nicht nur die Stimme des Fleisches, die ihn nach Iquique rief. Er wollte sie sehen, mit ihr sprechen, ihr zuhören. Jedes Mal, bevor er schlafen ging oder wenn er aufstand, fühlte er in seiner Sonntagshose nach, ob das Geld noch da war. Er hob es auf für das nächste Mal, denn sie hatte es ihm geschenkt. Die Erinnerung an die Stunde in den Armen der ersten Frau seines Lebens, sie war fast schmerzhaft und das Geld brachte ihm diese Erinnerung wieder. Er wusste nicht, welche Ausrede er sich einfallen lassen sollte, um an seinem freien Tag nach Iquique fahren zu können. Seinem Vater gegenüber hatte er viel zu viel Respekt, um ihm von seinem Abenteuer zu erzählen. Er war sich sicher, dass dieser sein Verhalten nicht billigen würde. Aber manchmal haben Verliebte auch einfach nur Glück und so kam es, dass ausgerechnet Raúl ihn bat, nach Iquique zu fahren. Er brauchte Hilfe dabei, einige Papiere mit den Forderungen der Pampinos in die Zentrale der Mancomunal zu bringen und er selbst hätte bei den Beamten des "Salpeterbüros" Verdacht erregen können, da seine Rolle als Anführer bisher verborgen geblieben war. Es war der ausdrückliche Wunsch seines Vaters, dass er gehen sollte. Es konnte nicht besser für ihn kommen, fast hätte er ihn umarmt.

Jeder Schritt in Richtung des Platzes vor dem Zollgebäude ließ sein ohnehin schon verliebtes Herz höher schlagen. Es schien, als wollte der Weg einfach nicht enden. Er wäre lieber gerannt. Er klopfte an die Tür und wartete. Die Sekunden des Wartens kamen ihm wie Minuten vor.

"Komm rein mein Junge. Hast du Geld dabei? Geh schon mal vor in den Salon und warte einen Augenblick bis man sich Deiner annimmt."

"Ich bin gekommen, um die Tante Meche zu sehen."

"Sie ist gerade beschäftigt. Du kannst zu einem anderen Mädchen gehen."

Es kam ihm so vor, als würde die Welt über ihm zusammen brechen. Eine Welle der Eifersucht ergriff ihn. Er wollte sofort hinaus laufen und sich ins Meer werfen. Was für Schmerzen waren das! Die Frau ihm gegenüber war überrascht über die Reaktion und die Veränderung, die an dem jungen Mann zu beobachten war. Sie erschrak und dachte, dass er bestimmt ohnmächtig werden würde.

"Was ist mit dir, Junge? Möchtest du ein Glas Wasser haben? Setz dich doch bitte!"

Er wusste nicht, was er tun sollte. Er war wie am Boden festgeklebt. Dann entschied er sich aber doch und sagte, dass er warten würde.

Tante Meche bediente gerade einen wichtigen und mächtigen Kunden. Es war ein General und man konnte sie unter keinen Umständen stören. Nach einer ziemlich langen Zeit bat man den "Grauen" in einem anderen Raum zu warten, da der Kunde durch diesen Raum hinausgehen würde und man nicht wollte, dass er dabei gesehen würde. Der "Graue" wollte den Kunden, der gerade mit seiner Mechita zusammen war, auch nicht sehen.

Als man Meche Bescheid gab, dass draußen ein junger Mann auf sie warten würde, der zu keiner anderen gehen wollte als nur zu ihr, machte ihr Herz vor Freude einen Sprung. Es war, als würde ihr Herz ihren Körper verlassen, hinausgehen, ein Bad am Strand nehmen, durch den Sand rennen, sich an der Sonne trocknen lassen und schließlich in den Körper zurückkehren. Es war wie ein Kurzurlaub für ihr Herz, dieses gierige Herz, das nach Emotionen unter freiem Himmel gierte!

Es wurde ein Treffen von Verliebten. Beide

hatten sie aufeinander gewartet. Sie lagen sich in den Armen und schauten sich minutenlang an. Der "Graue" strich mit seinen starken Händen über das Gesicht von Meche und sie streichelte die breite Schulter des jungen Pampinos. Sie sprachen nicht, sie sahen sich an und es war alles gesagt.

"Wie schön, das du gekommen bist, "Grauer", ich habe wirklich auf dich gewartet."

"Aber du warst beschäftigt!"

"So ist eben mein Leben. Es ist anders. Aber es ist meine Welt. In ihr bin ich geboren und in ihr werde ich bleiben. Verwechsel das nicht und schau mich nicht so an! Du kannst nichts anderes von mir erwarten. Mein Körper wird dir gehören, so wie er jedem Kunden gehört, der mich gut bezahlt."

Mechitas Worte taten ihm wirklich weh, aber er musste sie verstehen. Meche wiederholte immer wieder wie ein Papagei diese Worte, die sie eigentlich gar nicht sagen wollte. Der Junge brachte sie durcheinander und wieder ergriff der Wirbelsturm der Leidenschaft von ihren Körpern Besitz. Sie erlebten noch einmal diesen wunderschönen Moment, wie beim ersten Mal. Sie verharrten in der Umarmung, die Herzen vereint, zitternd und in der Gewissheit, dass dieser Moment wie Rauch vergehen würde, sobald sie sich losließen.

Langsam kehrten die Worte in ihre Münder zurück und wieder existierten nur sie beide in dem Raum. Die Welt war meilenweit entfernt. Die bösen Geister verschwanden und sie liebten sich noch einmal. Diesmal war ihre Liebe von einer unbändigen Kraft, explosiv und größer als jede andere Leidenschaft.

Als sie sich wieder beruhigt hatten, konnte der "Graue" ihr erzählen, dass er dank einer Arbeit, die er für seinen Vater erledigt hatte, bei ihr vorbei gekommen war. Er erklärte ihr, dass er ganz in der Nähe unterwegs gewesen war, so circa vier Blocks entfernt und dass man bestimmt noch oft solche Aufträge für ihn haben werde. Also werde es auch ein nächstes Mal für sie beide geben und er würde auch alles dafür tun, dass dieses nächste Mal bald wäre. Er müsse bei der Arbeit ständig an sie denken und das jetzt wohl noch öfter, weil er nun zu dem Entschluss gekommen sei, dass er sie liebe und das alles sei so wunderbar gewesen. All diese Worte sagte er ihr, ohne dabei ein einziges Mal Luft zu holen.

Er erzählte ihr auch, dass er ein junger Arbeiter sei, der gegen jede Form der Ungerechtigkeit sei und dass es seine

Idealvorstellung wäre, dass es allen gut gehe und die Besitzer des Kapitals aufhören würden, ihre Macht zu missbrauchen. Die Arbeiter würden ein besseres Leben verdienen, weil sie dafür hart und viele Stunden arbeiteten. Dieser Vortrag interessierte Mechita eigentlich gar nicht. Sie wollte nur diesen Jungen, nicht seine Ideale. Sie wollte ihn für sich, um seine Hände auf sich zu spüren und seine Stimme zu hören, aber sie ließ ihn reden. Seine Gesellschaft faszinierte sie.

"Sei vorsichtig, mein Schatz! Diese Dinge, die du da erzählst, gefallen den Mächtigen nicht."

"Aber es ist die Wahrheit und wir haben es schon geschafft, dass sie uns zuhören. Der erste Mai war im ganzen Land ein großes Fest. Wir sind friedlich. Man hört uns bereits zu und es wird bald bessere Gesetze geben, weil wir nicht alleine sind. Es gibt sogar einige Parlamentarier, die uns unterstützen. Wir haben uns das wirklich verdient! Die Arbeit in der Caliche-Pampa ist sehr hart."

Der "Graue" sprach über all diese Dinge, weil er sie mit der Person, die er liebte, teilen wollte. All diese Dinge, für die seine Eltern und er kämpften, die einfachen und notwendigen Dinge, die den Arbeitern so fehlten. Mechita verstand das nicht. Ihr

Leben verlief anders, so viel anders als das Leben eines jungen Pampino. Sie war daran gewöhnt, eben diese höheren und hochrangigen Herren zu empfangen. Sie brachten gute Stimmung mit, trugen schöne Kleidung, waren parfümiert und sogar manchmal elegant gekleidet. Obwohl sie mit zwei Gläsern Alkohol zu viel auch grob wurden und die Mädels schlecht behandelten, aber schließlich und endlich waren es ja Kunden, die gutes Geld bei ihr ließen. Die Aufrichtigkeit des Jungen bewegte sie und sie fühlte das Bedürfnis in sich aufsteigen, ihn zu beschützen. Aber sie beide kamen aus zwei verschiedenen Welten.

"Mal schauen, wie lange das anhält.", sagte Tante Meche zu sich selbst.

Tante Meche saß an ihrem Stammplatz im Haus und streichelte die Katze, die immer wieder um ihre Beine strich und sie dabei mit dem Kopf anstieß. Sie hatte jetzt kein Interesse mehr daran, sich mir irgendjemandem zu beschäftigen. Nur den General ließ sie noch zu sich, denn sonst würde dieser einen ziemlichen Aufstand machen. Sie war schließlich seine Lieblinghure. Der wackere General, autoritär war er. Aber er zahlte gut. Wenn er zusammen mit seinem Freund, dem Engländer kam, ließ er noch mehr Geld bei ihr und der französische Champagner floss in Strömen. "Champagner für alle Mädchen!", sagten sie und köpften eine Flasche nach der anderen. Am Ende zahlte immer der Engländer. "Achten Sie nicht so aufs Geld, Read, man lebt nur einmal!", sagte der General zu ihm und köpfte die nächste Flasche.

Der General war ein feuriger Liebhaber, auch wenn er anfangs immer etwas Schwierigkeiten hatte sich zu konzentrieren. Er sprach stets gern über seine Heldentaten, die seiner Soldaten und die Kriegszeiten, bevor er zu dem überging, wofür er eigentlich in das Haus von Tante Meche gekommen war. Zurzeit bereitete es ihm Freude, ihr zu berichten, dass es einen internen Krieg gäbe und dass ausländische Aktivisten aus Argentinien und Spanien kämen, um die hiesigen Arbeiter aufzuhetzen, die sich dann in Widerstandsbewegungen organisiert hätten und das Land zerstören wollten. Aber solange es noch genügend patriotische Soldaten gäbe, würde so etwas nie Erfolg haben, denn die würden die Aufstände im Keim ersticken, so dass keiner mehr übrig bliebe, um auch nur darüber zu berichten. Die, die doch überleben würden, würden dann in den Gefängnissen verrotten. Bei seinen Erzählungen wurde der General immer sehr nervös, seine Augen röteten sich und sein Schnurrbart, mit den nach oben gerichteten Enden, zitterte derartig, dass man fast anfing zu lachen. Seine Oberlippe konnte einfach nicht aufhören zu zittern. Dann hatte er auf einmal wieder Lust und kam auf ihr in einer monströsen Entladung. Dann fiel er von ihr herunter und schlief meist für mindestens 20 Minuten ein.

Mechita wurde immer sehr besorgt. Schließlich war ihr junger Pampino einer von denen, über die der General gesprochen hatte. Aber ihr Junge erzählte ihr immer etwas ganz anderes. Er sagte überhaupt nichts davon, dass er alles zerstören wolle. Er erwähnte lediglich, dass er mehr Respekt wolle und bessere Gehälter für die Arbeiter. Da gab es etwas, das sie nicht verstand. Aber sie war sich sicher, dass ihr Junge Recht hatte. Sein Herz konnte sie doch nicht irreführen.

Letztendlich war es für sie das Wichtigste, dass nichts schief ging und das alles so blieb, wie es war, damit die Kunden nicht ausblieben. "Aber wenn meinem süßen "Grauen" was passiert, dann sterbe ich, mein Gott, dann sterbe ich!" Die Worte ihrer Mutter hatte sie längst vergessen, sie war verliebt und eine verliebte Frau kann nicht mehr zurück, sie kann es einfach nicht mehr.

Nach seiner Rede vom 1. Mai in Iquique wurde der Vater vom "Grauen" zum großen Anführer der Arbeiter seiner Oficina. Seine

Kollegen respektierten und schätzten ihn
sehr. Er folgte ruhig aber mit Bestimmtheit
seinen Überzeugungen. Für die höheren
Herren und den Verwalter war er ein
gefährliches Subjekt und sie gaben die
Empfehlung heraus, ihn bei der erst besten
Gelegenheit zu feuern. Das wurde aber
nicht in die Tat umgesetzt, weil man Angst
vor der Reaktion der anderen hatte,
außerdem war er ein guter Arbeiter und es
gab einfach keine Beschwerden über ihn.
Vorsichtshalber hatten sie ihn die ganze Zeit
unter strenger Beobachtung. Die
Botengänge, die sein Sohn für ihn
gewissenhaft erledigte, erlaubten es ihm,
immer in engem Kontakt zu den Anführern
der Mancomunal von Iquique zu stehen und
gleichzeitig alle anderen seiner Gruppe über
die Vorgänge in Iquique und bei den
verschiedenen Arbeiterbewegungen im
ganzen Land zu informieren, ohne dabei die
eigene Arbeit vernachlässigen zu müssen.
Er entdeckte eine andere Seite an seinem
Sohn, der ihm jetzt viel reifer erschien. Er
dachte, dass diese Entwicklung von der
neuen Verantwortung und den wichtigen
Botengängen herrührte. Etwas anderes
konnte er sich gar nicht vorstellen, denn
sein "Grauer" kam ihm irgendwie verändert
vor. „Der Graue“ war ernster, gesetzter und
sehr dankbar dafür, dass er ständig nach
Iquique reisen musste. "Was für einen tollen
Sohn habe ich!", dachte er bei sich.

In seinen Händen hielt er eine Information, die ihm die Mancomunal zugeschickt hatte, mit der Bitte, diese unter den Arbeitern zu verbreiten. Es ging um einen Bericht darüber, wie sich anderenorts der Kampf um bessere Arbeits- und Lebensbedingungen entwickelte und wie dort die Besitzer des Kapitals auf die Regierung Einfluss nahmen, damit diese diejenigen unterdrückte, die gegen die öffentliche Ordnung waren.

Eine Art weiße Fahne an einem langen Stock, der eigentlich zum Trocknen von Wäsche benutzt wurde, diente dazu, jeden, der vorbei kam und Mitglied in der Arbeiterbewegung war zu informieren, dass in dieser Nacht an dem vereinbarten Ort wieder ein Treffen stattfinden würde. Diejenigen, die die Fahne gesehen hatten, sagten denjenigen Bescheid, die sie noch nicht gesehen hatten: "Die weiße Fahne ist gehisst, kommt zum Treffen!"

Versteckt in einem Innenhof, sehr leise und natürlich warm angezogen warteten alle darauf, endlich den Bericht ihres Kumpels Raúl zu hören. Die von der Sonne und dem Salz der Wüste gegerbten Gesichter vermittelten den Eindruck einer harten Schale und doch verbarg sich in Ihnen Güte und auch ein bisschen Verbitterung und Resignation über das Leben, das sie führen mussten. Sie waren arm geboren worden, wie auch ihre Eltern zuvor. Sie lebten weiterhin in Armut und so wie es aussah, würden sie auch arm sterben. Raúl ergriff das Wort und erzählte, wie die Dinge zurzeit so liefen: "Wir haben einige Parlamentarier auf unserer Seite, die dort in der Hauptstadt für uns kämpfen. Die Organisationen werden von Tag zu Tag größer und es werden Gesetze geschaffen, die gut für uns sind. In anderen Ländern wird auch für bessere Löhne und ein besseres Leben für die Arbeiter gekämpft. Ganz in unserer Nähe, in Argentinien, haben die Arbeiter die Regierung sogar gezwungen einen Major zu entlassen, der für den Tod von mehreren Arbeitern verantwortlich gewesen ist. Nachdem ein Abgeordneter mit Namen Palacios, von dem man auch sagt, er sei ein Sozialist, die Taten vor dem Kongress des Landes angezeigt und verurteilt hatte, brach ein großer Streik aus." Raúl las einen Bericht über den Hergang der Vorkommnisse vor:

"Ende Juli diesen Jahres (1907) haben Arbeiter aus der argentinischen Ortschaft "Ingeniero White" den Streik ausgerufen, um ihren Protest gegen einen strengen Vorarbeiter zum Ausdruck zu bringen und eine Achtstundenschicht, sowie eine Anhebung der Gehälter zu verlangen. Mit der Absicht, die Einzelheiten des Streiks und die folgenden Schritte zu besprechen, trafen sich die Arbeiter in einem Lokal mit Namen

"La Casa del Pueblo"⁹. Das Haus war voll mit Arbeitern und ihren Familienangehörigen und sie diskutierten gerade sehr angeregt, als eine Gruppe von über 40 bewaffneten Marinesoldaten der örtlichen Präfektur unter der Leitung eines Kommandanten mit Namen Astorga von der Tür aus und ohne jegliche Vorwarnung das Feuer auf die Menschen eröffnete. Mehrere Arbeiter kamen hierbei zu Tode, ebenso ein zwölfjähriger Junge und es gab eine Vielzahl von Schwerverletzten. Am nächsten Tag trugen die Arbeiter gerade einen der Toten zu Grabe, als sie von Mitgliedern der Präfektur aufgehalten und angegriffen wurden. Hierbei kam ein weiterer Arbeiter ums Leben und es gab wieder einige Verletzte. Das entschlossene Handeln der Organisationen bei der Ausrufung des Streiks und die vor dem Kongress vorgebrachten Strafanzeigen zwangen schließlich die Regierung, den Kommandanten Astorga von seinen Ämtern zu entheben."

"Das zeigt uns, meine Freunde, dass die Dinge für uns nicht einfach sind. Aber wenn wir nichts unternehmen, werden wir auch nichts erreichen und unser Leben wird sich niemals bessern. Denn auch wenn wir uns weiter anstrengen, wir werden immer so arm bleiben wie heute. Die Einheit wird uns

---

⁹ Haus des Volkes. (Anm. d. Übers.)

Siege verschaffen und wir werden auf bessere Zeiten blicken können. Wir müssen die Gerechtigkeit lieben und unsere Sache ist gerecht! Wenn sie uns auch manchmal das Leben nehmen, wie es schon oft in unserem Chile passiert ist und es jetzt bei unseren Nachbarn passiert!" Dies waren die Worte, mit denen Raúl die Versammlung in dieser kalten Wüstennacht im Norte Grande beendete. Einige glaubten bemerkt zu haben, dass Raúls Stimme zitterte und eine Träne über seine Wange rann. Das war ja auch kein Wunder, schließlich gedachte er in diesem Moment seiner Leonor, die er so sehr geliebt hatte und doch verloren hatte, die eine Frau des Volkes gewesen war, die Träume geschaffen hatte und die Gerechtigkeit geliebt hatte. Kurz danach zogen sich die Arbeiter mit besorgten Mienen, müde und voller Hoffnung, ein jeder in sein eigenes Heim zurück. Ein Heim, welches meistens aus Brettern bestand, durch deren Spalten die Kälte und der Wind ins Innere drang.

Aber sie hatten ihre Frauen und ihre Kinder und die Wärme der Familie half ihnen einzuschlafen und die Nacht bis zum nächsten Morgen zu überstehen. In der Frühe mussten sie dann wieder von Angesicht zu Angesicht mit der Sonne und dem Kalkgestein kämpfen, um der Wüste ein neues Gesicht zu verpassen. Dort in der Wüste, wo der alte "Pimiento-Baum" sie

aus der Ferne betrachtete und ihnen Mut
gab, weiter zu machen. Sie sollten so mutig
sein wie er, der unbeugsame Baum, der
niemals aufgab und immer wieder Wasser
fand, wenn es keines zu geben schien, um
trotzdem weiter zu wachsen und den
einsamen und verlorenen Reisenden in der
Wüste Schatten zu spenden.

In dieser Nacht sprachen Raúl und sein
Sohn über die Versammlung. Auf dem
Feuer des Ofens garten eine Tortilla und ein
paar alte Kartoffeln langsam vor sich hin.
Die Männer verstanden sich gut. Bis vor
Kurzem hatte es noch keine Geheimnisse
zwischen ihnen gegeben. Jetzt hatte der
"Graue" ein gut gehütetes Geheimnis,
welches er auf keinen Fall mit diesem
rechtschaffenen, ehrlichen und guten Mann
teilen konnte. Sein Vater würde sein
Verhältnis mit Mechita niemals verstehen
oder gar akzeptieren können. Wie sollte er
ihm auch erklären, dass sie eine Frau von
der Straße war und ihn trotzdem liebte? Wie
sollte er seinem alten Vater erklären, dass er
in eine Nutte verliebt war und dass diese
Frau ihn auch liebte? Die Gunst der Stunde
nutzend und in Vorbereitung auf das, was
kommen würde, wechselte er das Thema
und wagte es, zu fragen:

"Vater, was fühlt man, wenn man verliebt
ist?"

Raúl lächelte. Sanft schaute er seinen Sohn an. Sein kleiner Welpe schien den ersten Kontakt mit dem Wunder des Lebens zu haben. Das gab ihm Mut und machten ihn stolz. Es war schließlich sein einziger Sohn und dieser würde für den Fortbestand des Familiennamens Sorge tragen. Die Familie würde größer werden und das Blut des gerechten Arbeiters würde durch noch mehr Venen fließen und sich für die Sache stark machen. Eine Sache, die nicht mehr von seiner eigenen Existenz zu trennen war. Es war die Sache aller Sachen.

"Was man fühlt? Nun, mein Sohn, eine große Freude, das ist es, was man fühlt. Das erste Mal als ich mich verliebte, war es in deine Mutter. Als ich sie das erste Mal sah, traf es mich wie der Blitz. Es war Liebe auf den ersten Blick für uns beide, glaube ich. Jedes Mal, wenn ich sie traf, wusste ich nicht, was ich sagen sollte. Ich fühlte mich so klein und wertlos. Es fühlte sich an, als wolle mir mein Herz aus der Brust springen. Ich schämte mich sogar und ich weiß gar nicht mehr warum, aber ich schämte mich. Wenn ich sie nicht sah, dann dachte ich die ganze Zeit an sie. Wenn ich manchmal mit ihr sprechen wollte, dann versagte meine Stimme. Ich bin immer sehr verliebt in sie gewesen. Ihr Tod war das Schlimmste, was mir je passiert ist. Nur du, mein Sohn, und ich will nicht verneinen, dass auch die Sache, für die wir kämpfen eine Rolle spielt, nur du und die Sache, ihr gabt mir die Kraft, diesen Schmerz zu ertragen. Ohne dich bei mir zu haben, hätte ich niemals diese Kraft aufgebracht. Ich liebe sie heute immer noch, mein Sohn, und das ist es, was man fühlt. Du fühlst, dass du liebst und dass du sie immer bei dir haben willst, nur für dich, an deiner Seite und an jedem Ort. Fühlst du vielleicht so etwas für jemanden?"

Der "Graue" wurde von Kopf bis Fuß, ach was sage ich, von den Fußsohlen bis in die Haarspitzen rot, so rot, wie das Feuer im Herd. Mit rot glühenden Ohren antwortete er stotternd:

"Ich glaube schon, Vater. Es ist ein Mädchen aus Iquique und ich treffe sie immer, wenn ich dort hinfahre. Aber es ist nichts passiert, ich weiß nicht, was ich dir sagen soll.", log er und beschloss nun endgültig, seinem Vater die ganze Wahrheit nicht zu erzählen. Er konnte und wollte ihm nicht einen solchen Schlag versetzen. Sein alter Vater hatte so etwas nicht verdient.

"Mach langsam, mein Sohn, die Liebe ist wunderbar und doch kann sie uns manchmal einen bösen Streich spielen. Du musst dir ganz sicher sein, die Liebe einer Frau zu verdienen. Sie haben sie verdient, insbesondere dann, wenn sie fleißige Arbeiterinnen mit ehrlichen Absichten sind. Man muss ihnen gegenüber immer respektvoll sein, und wenn du sie für immer willst, dann ist es deine Aufgabe, dafür zu sorgen, dass das für sie auch so ist. Es hängt ganz von dir ab, mein Sohn. Nun gut, du kannst mir später noch mehr darüber erzählen, jetzt möchte ich erst einmal schlafen. Schlaf gut und träume von deiner kleinen Freundin!"

Mit den Worten seines Vaters war er eingeschlafen. Seine Träume waren stürmisch und voller Erinnerungen an die Frau, die er liebte. Am nächsten Tag ging er wie immer mit der Schaufel in der Hand los, um die Wüste mit ihr zu bearbeiten.

Ester war eine Vertraute von Tante Meche. Es war die einzige, die noch aus den Zeiten der alten Meche übrig geblieben war. Sie waren gute Freundinnen. Jetzt war sie schon alt und lebte von den Erinnerungen. Immer wenn sie ein Gläschen zu viel getrunken hatte, erzählte sie Geschichten aus der Vergangenheit und am Ende liefen ihr Tränen über das Gesicht. Sie war sehr erstaunt, als sie der jetzigen "Tante Meche" dabei zuhörte, wie sie zum wiederholten Male sagte, dass sie verliebt sei und dass sie ihrer Sache sicher sei, weil sonst würde sie ja schließlich nicht so fühlen, wie sie fühlte. "So etwas habe ich noch nie gefühlt. Ich dachte, dass es so etwas gar nicht gäbe."

"Es existiert auch nicht, Mechita. Du bist

nur gerade so läufig wie eine Hündin. Das ist es, was dir passiert. Das wird schon wieder vorbei gehen. Denke daran, was deine Mama, der liebe Herrgott habe sie selig, dir immer gesagt hat. Verliebe dich niemals, sonst ist dein Leben aus und vorbei! Wir sind Nutten und niemand wird uns jemals als etwas anderes betrachten! Es ist das Schicksal, welches für die einen ein gutes Leben bereit hält und für die anderen das brutale Leben. Wir sind für dieses brutale Leben bestimmt und das können wir auch nicht ändern."

"Ich bin nicht viel läufiger als sonst auch, Ester. Läufig bin ich seit ich klein bin und damit kenne ich mich aus. Ich habe nie etwas vermisst. Aber auf einmal, ich weiß nicht woher, kommen diese komischen Gefühle aus mir heraus. Es ist wie eine besondere Kraft, die von meinem Körper Besitz ergreift und es ist das erste Mal, dass ich wirklich jemanden vermisse. Ich kann es kaum erwarten, dass er mich besucht. Ich liebe es, ihm zuzuhören, seine zärtlichen Hände zu spüren, sie zu berühren, sie zu streicheln. Sie haben so eine beruhigende Wirkung auf mich, wenn sie über meinen Körper streichen. Ester, es ist, als würden alle Probleme und Mühen dieser Welt verschwinden, wenn er da ist. Ich will ihn für mich ganz allein haben, Ester, und ich werde ihn bitten, bei mir zu bleiben, weil auch ich nur für ihn da sein will. Es wäre gut, einen Mann hier zu haben, meinst du nicht auch? Er hätte alles was er braucht ..."

Ester glaubte ihren Ohren nicht zu trauen. Die Tochter ihrer Freundin war verrückt geworden und zwar noch verrückter als ihre Mutter es je gewesen war. Die Mutter hatte in Kriegszeiten gleich mit zweien angebändelt, dem Peruaner und dem Chilenen, die auch noch Gegner im Krieg gewesen waren. Wenigstens handelte es sich in diesem Falle nur um einen einzigen Mann, dachte sie. "Mensch Kleine, du bist wirklich verliebt! Trotz alledem, was du erlebt hast, bist du schwach geworden. Du hast dich angesteckt mit dem Virus Liebe. Aber er ist noch ein Junge. Ich rate dir, noch etwas zu warten. Mach weiter so, wie bisher. Du solltest etwas mehr Geduld haben und warten. Ihr kennt Euch erst seit Kurzem. Eile mit Weile! Du wirst schon sehen."

"Ester, wirst du mir einen Gefallen tun? Wenn er kommt und ich gerade mit dem General beschäftigt bin, sag ihm, dass ich gerade zu einer Freundin gegangen bin. Sag ihm bitte, dass ich in zwei oder drei Stunden wiederkommen werde und dass er lieber gehen soll und später wiederkommen soll, denn dann muss er nicht so leiden. Willst du das für mich tun?"

"Natürlich, mein Kind, für dich tue ich doch

alles! Vergiss nicht, dass ich an die Stelle deiner Mutter (sie möge in Frieden ruhen) getreten bin." Ester bekreuzigte sich und verdrehte die Augen in Richtung Decke. Tante Meche nickte mit dem Kopf und dankte ihr. Sie würde auf sie hören, denn Ester verstand viel von diesen Dingen. Sie würde warten, aber während der Zeit des Wartens würde sie diese Liebe auskosten, so viel und so gut es eben ging.

Ein Engel rennt und fliegt durch die Wüste

Die Erde bewegt sich. Es ist wie ein Zittern. Der Kronleuchter mit seinen kristallenen Tränen schwankt bedrohlich hin und her, unter ihm die Köpfe verschreckter Menschen, elegante Herren mit ihren maßgeschneiderten, englischen Anzügen. Teetassen aus feinstem Porzellan mit ihrem dampfenden Inhalt fallen zu Boden. Das Zittern der Erde wird stärker und Panik keimt in den Augen der Anwesenden auf. Sie rennen angsterfüllt in den Innenhof. Zwei von ihnen bleiben unter dem Türrahmen stehen. "Das ist in so einem Fall der sicherste Ort.", hatten sie ihre chilenische Freunde sagen hören und die waren ja schließlich an das Zittern der Erde gewöhnt. Das Zittern ist intensiv aber es dauert nur kurz. Schließlich entfernt es sich von ihnen. Dann kommt die Stille. Farbe kehrt in die Gesichter der Bewohner des Norte Grande zurück. Einige Verletzte müssen in ihren Häusern behandelt werden, andere haben es gerade noch ins Krankenhaus geschafft. Eigentlich ist nichts Schlimmes passiert. Es gab nur Panik und eine Menge aufgewirbelten Staub.

Die Herren der Salpeterminen hatten es mit der Angst zu tun bekommen. Mit Naturgewalten ist nicht zu spaßen. Da muss sich sogar der Mensch unterwerfen. Den

Schrecken immer noch in den Knochen, setzen sie ihre Versammlung fort. Um die Unruhe hinunter zu spülen, trinken sie jetzt Whisky anstatt Tee. Der Anführer der Gruppe, der Präsident des wichtigsten Salpeterbüros, ergreift das Wort:

"Das Beben der Erde soll ein Zeichen für uns sein, meine Herren. Die Panik wegen des unsicheren Bodens unter uns, hat uns aus der Ruhe gebracht. Dabei war es nur ein Zittern, nicht ein richtiges Erdbeben und wir leben noch. Die Vorkommnisse in den "Oficinas" steuern auf ein soziales Erdbeben zu und können für uns viel gefährlicher sein als die Natur und ihre Gewalt. Die Erdbeben in der Natur kann man nicht vorhersehen, soziale Erdbeben schon; und diese Versammlung muss Entschlüsse fassen und Maßnahmen verabreden, um die Folgen für die Sicherheit unserer Städte, unseren Besitz und sogar unsere eigene Integrität zu vermeiden. Der Regierungsapparat ist auf unserer Seite, das Gleiche gilt für das Militär. Wir wissen sehr genau, was in jedem einzelnen Salpeterbüro vor sich geht. Wir sollten sie daher von den Ereignissen in der Pampa in Kenntnis setzen und konkrete Maßnahmen von ihnen verlangen."

"Welche zum Beispiel?"

"Wir sollten die Kommunikation zwischen

117

den Anführern der Oficinas und den Organisationen in den Städten unterbinden. Dann können sie sich nicht verständigen und größere Aktionen verabreden. Wir sollten die Verteilung der Tageszeitungen und der Flugblätter, die mit diesen Organisationen in Verbindung stehen, verbieten. Eine strikte Kontrolle der "Widerstandsligen", die klar gegen die öffentliche Ordnung verstoßen und den Privatbesitz gefährden, sollte eingeführt werden. Außerdem erhalten diese Leute auch noch gute Ratschläge aus Argentinien und werden teilweise von gottlosen, spanischen Anarchisten angeführt."

Die Atmosphäre dieser Versammlung heizte sich langsam auf. Sie waren alle sehr besorgt. Die Aufgaben wurden verteilt. Einige würden mit befreundeten Abgeordneten sprechen, mit dem Innenminister sollte der englische Botschafter sprechen, Herr Reed würde mit dem Verantwortlichen für das Militär sprechen. Auf diese Weise konnte jeder Einzelne seinen Einfluss am besten geltend machen und den Druck auf die entscheidenden Stellen erhöhen, denn niemand würde jemals gegen ihren unersättlichen Hunger nach Gewinn aus den tausenden Säcken voller weißem Gold, die jeden Tag gefördert wurden, ankommen können.

Die wachsende Unzufriedenheit der Caliche-Arbeiter war vorprogrammiert. Nachdem sie so viele Opfer gebracht hatten, hatten sie diese Behandlung einfach nicht verdient. Und auch die Bezahlung war nicht besser geworden.

Die weiße Flagge wurde wieder gehisst. Eine neue Versammlung wurde so angekündigt. Die Menschen mit ihren gegerbten Gesichtern kamen zusammen und wie üblich umringten sie Raúl, um seinen Worten zu lauschen. Die Kälte der Nacht reichte nicht aus, damit diese Arbeiter des weißen Goldes ihre Hoffnung verlieren würden.

"Die Situation ist ganz schön verzwickt, meine Kollegen. Sie werden die Löhne nicht an die steigenden Preise in den Läden anpassen. Sie pressen uns jeden Tag mehr aus wie Zitronen. Das ist unerträglich! Heute haben sie verhindert, dass wir ein Telegramm nach Iquique schicken. Sie haben gesagt, dass der Telegraph kaputt sei. Sie haben die Wachen verdoppelt und keiner kann unseren Bezirk bis Sonntag verlassen, dabei haben wir gerade Dienstag. Bestimmt ist das in den anderen Bezirken genauso. Habt Ihr eine Idee, wie wir uns mit den anderen Oficinas oder Iquique vor Sonntag verständigen könnten? Irgendetwas müssen wir schließlich tun. Alleine schaffen wir das nicht. Die würden uns platt machen!"

Eine Stille, gemischt aus Wut und Angst, breitete sich aus. Die Ohnmacht dieser Arbeiter, gezeichnet von den Aufopferungen, ohne jede Mittel, jedoch voller Illusionen lag spürbar in der Luft. Die dünne und etwas zittrige Hand von Juanín erhob sich. Er wollte etwas sagen. Ein wenig ungläubig schauten ihn alle anderen an. Was sollte dieser Junge, der noch nicht einmal in der Lage war zu arbeiten, nur lachte und den ganzen Tag nur spielte schon sagen wollen?

"Sprich zu uns, Juanín, wir hören dir zu!", sagte Raúl.

"Am Sonntag werde ich euch alle Informationen bringen. Ich kann aus dem Bezirk hinaus kommen. Ich werde nach Iquique gehen. Ich...ich...ich...", aus dem Munde von Juanín kamen Worte aber es waren gar nicht seine eigenen Worte, und dennoch kamen sie aus seinem Mund. Plötzlich fühlten die Arbeiter eine Art Wärme in sich aufsteigen, die ihnen gegen die Kälte der Wüste half. Sie fühlten sich beschützt und geborgen, sie glaubten ihm und waren alle einverstanden.

"Gut, Juanín, wir werden genau hier am Sonntag wieder auf dich warten.", Raúl hatte als erster seine Sprache wiedergefunden. "Die Sitzung ist beendet!"

Der Graue schaute seinen Freund an und bemerkte diese Aura, die so schwer zu erklären war und die ihn manchmal umgab. Was da mit seinem guten Freund passierte, war weder normal, noch natürlich. Es war schlichtweg unerklärlich.

Man erzählt sich, dass in dieser Nacht und den folgenden Nächten dieser Woche eine Gestalt gesehen wurde. Sie schien von einem transparenten Tuch bedeckt, nicht ganz menschlich aber sehr schön, mit zwei Flügeln, wie ein Kondor aus den Bergen. Sie hatte die Größe eines fünfzehnjährigen Kindes, rannte durch die Pampa und flog über Iquique. Wenn die Gestalt rannte, schien es, als würden ihre Füße den Boden nicht berühren. Wenn sie flog, zog sie ihre Füße ein wie ein Vogel. Auf dem Kopf erinnerte das weiße Haar an die Farbe des Salpeters. Die Gestalt ähnelte den antiken Felsenzeichnungen, die man in den Bergen an der Küste gefunden hatte. Auf diesen Zeichnungen[10] waren menschenähnliche Gestalten zu sehen, die eine Art Taucheranzug trugen. Diese Zeichnungen waren sehr alt und anscheinend mit einer

---

[10] Auf diesen Zeichnungen sind Dinge zu sehen, die es eigentlich während ihrer Entstehungszeit noch nicht gab. Manche Chilenen sind der Annahme, dass die Inspirationen zu diesen Zeichnungen übersinnlicher Natur sein könnten. (Anm. d. Übers.)

Art Spezialwerkzeug in den Felsen geritzt worden. Sie berichten von unerklärlichen Vorkommnissen in längst vergangenen Zeiten.

Die Anführer der Arbeitervertretungen aus den Salpeterbüros des Norte Grande lauschten gerade einem Abgesandten aus Iquique. Er erzählte ihnen, dass er von der Mancomunal sei. In Iquique hatte man zuvor mehrere Informanden aus der Pampa empfangen, die detaillierte Informationen über die Zustände in den anderen Oficinas geliefert hatten.

Am Sonntagmorgen war sodann wieder die weiße Fahne gehisst worden. Es herrscht eine große Unruhe zwischen den versammelten Pampinos. Raúl eröffnete die Sitzung.

"Die Dinge haben sich verschlechtert. Wir wissen absolut nichts aus den anderen Büros, auch nicht aus Iquique.", berichtete der Anführer.
Plötzlich verbreitete sich ein Gerücht unter den Anwesenden. "Juanín kommt.", hieß es. Die Anwesenden machten ihm Platz, damit er zu Raúl gelangen konnte. Alle schauten ihn an und spürten wieder diese Welle der Geborgenheit, die sie umgibt, sobald Juanín in der Nähe ist. Gespannt hörten sie ihm zu.

"Ich bringe einen schriftlichen Bericht der

Mancomunal. Hier ist er, Raúl! Bei den anderen Oficinas geht es genauso zu, wie bei uns. Ihr müsst mir eine Antwort für Iquique und die anderen Oficinas mitgeben, damit auch sie Informationen von uns erhalten."

Niemand fragte Juanín, wie er das geschafft hatte. Aus Iquique kam die Information, dass die Verhandlungen mit den hohen Herren der Salpeterminen gescheitert seien, aber dass man darauf vertrauen würde, die Unterstützung der Regierung zu bekommen. Hierzu müssten sie allerdings die absolute Einigkeit der Betroffenen beweisen. Der Vorschlag war, einen Streik auszurufen und alle zusammen nach Iquique zu marschieren, damit man dort die Einigkeit der Arbeiter zur Kenntnis nahm und sie sich so Gehör verschaffen konnten. Wenn man ihnen zuhören würde, dann kämen sicherlich Lösungen zustande und die Hohen Herren müssten endlich nachgeben, die Arbeitsbedingungen ändern, die Gehälter verbessern, die Strafen und Sanktionen abschaffen und somit das Leben derjenigen verbessern, die der Wüste ihre Reichtümer entreißen, um sie einigen wenigen in die Hände zu legen.

"Genossen, wir stammen genauso aus dieser Gegend, wie unsere peruanischen und unsere bolivianischen Brüder! In den Behörden sitzen Chilenen und schon allein deshalb müssten sie auf unserer Seite sein. Es kann gar nicht sein, dass sie gegen uns und für die Engländer sind. Ganz gleich, wie viel Geld diese Herren haben, sie haben das Geld doch nur, weil sie es durch uns verdient haben." So endete das Schreiben aus Iquique.

Die Antwort war einstimmig: "Was können wir schon noch verlieren? Das Leben? Unser Leben, haben wir es wirklich so verdient?" Voller Anspannung kehrten sie in ihre Häuser zurück. Wichtige Tage und wichtige Entscheidungen standen ihnen bevor und diese könnten ihr Leben verändern.

In dieser Nacht erloschen die Feuer in den Öfen und die Kerzen noch lange nicht. In den Familien wurde bis spät in die Nacht über das gesprochen, was sie gehört hatten. Die Frauen waren auch damit einverstanden, so für ein besseres und würdigeres Leben zu kämpfen. Wenigstens für die Kinder sollte es sich noch lohnen. "Alles klar, lass uns losziehen!", das war die Antwort der Frauen, die ebenfalls ihre Träume an der Seite ihrer Männer verwirklichen wollten.

Streik in der Pampa des Norte Grande

Nicht eine einzige Forderung der Arbeiter wurde erhört oder erfüllt. Im Gegenteil, in den Pulperías wurden die Preise erhöht. Diese Art Kolonialwarenläden befanden sich im Besitz der Eigentümer der Minen und die Arbeiter wurden gezwungen, dort ihre Vorräte einzukaufen. Sie mussten mit den Gutscheinen bezahlen, die ihnen anstelle eines Teiles ihres Gehaltes gegeben worden waren. Die Gehälter reichten bald nicht mehr aus. Die Sicherheitsvorkehrungen an den Arbeitsplätzen waren so gering, dass die Anzahl an ernstzunehmenden Unfällen drastisch zunahm. Es kam zu Entlassungen. Je nach Laune des Verwalters, ohne jegliche Vorankündigung oder gar Entschädigung wurden sie ausgesprochen. Die Arbeitnehmervertreter wurden verfolgt. Die Fußspange und die Sanktionen als Bestrafung verschwanden nicht.

Es wurde ein Organisationskomitee gebildet, welches die gemeinsamen Forderungen, die die Abschaffung dieser Zustände und auch andere Notwendigkeiten, wie die Einführung von Abendschulen, freien Handel und die Abschaffung der Gutscheine, zur Grundlage hatten, zu Papier brachte.

Das brandneue Komitee aus den üblichen

fünf Anführern und den Abgesandten aus den einzelnen Oficinas bat um eine Audienz bei den hohen Herren der Salpeterminen und diese wurde ihnen gewährt.

Selbst dieser wunderschöne Saal mit seinen schönen Möbeln, wertvollen Gemälden und dem Kronleuchter, der inzwischen zur Ruhe gekommen war, schien sich in der Gegenwart dieser Männer unwohl zu fühlen. In ihrer bescheidenen Kleidung, mit ihren großen, von der Arbeit zerfurchten Händen und mit faltigen, rissigen Gesichtern, gezeichnet vom Salz der Wüste, das seine Spuren auf den vor Anstrengung schweißnassen Gesichtern hinterlassen hatte, standen sie da. Dieser wunderschöne Salon war es gewöhnt, ganz andere Besucher zu empfangen. Diese waren normalerweise besser gekleidet, hatten feinere Umgangsformen und auch feinere Hände.

"Wir sind die Vertreter von 18.000 Arbeitern aus den Salpeterbüros von San Lorenzo, Santa Ana, Esmeralda, Santa Lucra, Argentina, Perú, San Pedro, San Enrique, Cholita, Cataluña, Sebastopol, San Pablo, Cóndor, Pirineos, Pozo al Monte, Buen Retiro und Carmen Bajo.", so begann der Präsident des Komitees seine Rede, um dann die Einzelheiten des Antrages zu erläutern.

Mit undurchdringlichen Gesichtern lauschten die Engländer und hohen Herren des Salpeters in absoluter Stille der Rede. Nicht ein einziger Muskel bewegte sich in ihren Gesichtern, als der Anführer des Komitees vor ihnen die Realität der armen Pampinos ausbreitete.

"Wir haben Verbesserungen verdient, zum Wohle aller. Es ist nicht viel, was wir verlangen und wir haben jetzt Dezember, bald ist Weihnachten."

"Wir werden uns darüber beraten und dann erhalten Sie eine Antwort."

Es vergingen einige Tage und die Antwort war: "Nein!" Die Herrschaften sagten: „NEIN!".

Die Arbeiter antworteten mit dem Wort: „STREIK!", und alle Büros wurden stillgelegt. Die Stille legt sich wie eine Decke über die Wüste. Man hörte keine Explosionen mehr vom Dynamit, welches die Eingeweide der Wüste aufsprengt, um den Caliche heraus zu befördern, aus dem dann der Salpeter gewonnen wird, den sich die Herren des NEINs dann in der ganzen Welt mit Gold bezahlen lassen.

Die Schiffe, die sonst zum bersten gefüllt Iquique verlassen, müssen auf ihre Fracht warten. Es vergehen weitere Tage, aber die

Antwort bleibt die gleiche: „NEIN!".

Das Komitee der Streikenden berät sich und erhält von den Arbeitern die Mitteilung über ihre Entscheidung, bis zum bitteren Ende weiter zu machen.

"Die Behörden in Iquique und im ganzen Land werden uns anhören und uns helfen! Lasst uns alle nach Iquique marschieren, damit sie uns sehen, uns kennenlernen und uns anhören!", so lautete die einstimmige Parole unter den armen Pampinos der Salpeterminen des Norte Grande, die von ihren Frauen und ihren Sprösslingen begleitet wurden.

In der Zwischenzeit übten die Herren aus Iquique ganz unverhohlen Druck auf die Behörden aus. Dieser Druck hatte auch Erfolg, denn es war ein klares und deutliches Fax aus der Hauptstadt gekommen. Der Innenminister hatte darin geäußert:

"Wenn der innere Frieden durch einen Streik oder einen organisierten Protest der Arbeiter, Unruhestifter oder subversiver Elemente gestört wird, so ist mit absoluter Härte und ohne Nachsicht, unter Einbeziehung der Streitkräfte gegen all diese störenden Elemente vorzugehen!"

So und nicht anders lauteten also die

Gedanken der Behörden, auf die die Arbeiter so vertrauten und von denen sie Lösungen oder Hilfe erwarteten.

Und die Wüste füllte sich mit Spuren

Der Aufruf nach Iquique zu marschieren verbreitete sich wie der Wind von Oficina zu Oficina. Wieder wurde der Engel gesichtet, der in der Nacht durch die Wüste flog und rannte.

Diese Stimme, die dazu aufrief, voller Hoffnung loszumarschieren, weil man gehört werden würde, sie gab Kraft und Sicherheit und alle, Väter, Ehefrauen und Kinder, sogar die ganz Kleinen, sie fanden sich ein, um gemeinsam loszulaufen.

Der Marsch durch die Wüste, auf der Suche nach dem Meer, welches auf sie wartete und sie verstehen würde, würde den Menschen schon zeigen, dass ihre Sache gerecht war. Der Marsch wäre ein Zeichen, das die Herzen erweichen und dazu führen würde, dass der Egoismus derjenigen, die so viel besaßen, dem Verständnis weichen würde. Sie würden ihre Füße in dem Wasser des großen Meeres abkühlen, über den warmen Sand laufen und die Kinder würden in Ehrfurcht vor der Größe des Ozeans an seinen Ufern spielen. Sie würden sich von den Strapazen des Marsches ausruhen und darauf hoffen, dass ihre Wünsche in Erfüllung gingen. Es waren doch so wenige Wünsche und sie wären doch so einfach zu erfüllen. Warum sollte es nicht so geschehen?

... und sie marschierten los.

Wie auf einer Prozession kamen die Menschen aus allen Oficinas. Und die Wüste, sie füllte sich mit großen und kleinen Fußspuren. Der Himmel, der Sand, der Caliche und die Berge, sie schienen eins zu werden. Niemals hatten die Menschen sich so wenig einsam gefühlt. Selbst der Wind schien sie zu begleiten und wollte ihnen Hoffnung geben. In ihre Kleidung gehüllt, ertrugen sie die Hitze des Tages. Es war, als würden sie die Hitze speichern, um sich mit ihr in der Nacht vor der Kälte zu schützen. Früh am Morgen breitete sich schleppend eine Nebelwand aus, die die Menschen von Kopf bis Fuß durchnässte. Es war dichter Küstennebel. Die Frauen versuchten, die weinenden Kinder zu beruhigen. Gesang begleitete den Marsch. Die Fahnen vieler Länder Südamerikas wehten an Stangen, getragen von Chilenen, Peruanern, Bolivianern, Argentiniern und auch einigen Spaniern. Sie alle waren Arbeiter in den Salpeterminen, Pampinos, mit durch das Arbeiten in den Salzwüsten von Tarapacá gegerbter und rauer Haut.

Die kleine Leonor und Margarita halfen zwei Frauen mit kleineren Kindern. Sie wechselten sich beim Tragen ab und manchmal wurde die Last auch ein bisschen schwer. Die Männer halfen auch beim Tragen der "Guaguas", so nannte man

Babys hier, wegen der Laute ("gua gua gua"), die sich von sich gaben, lange bevor sie Mama oder Papa sagen konnten. Die Babys weinten, machten sich nass und beschmutzen die Windeln. Man musste sie sauber machen, so gut es eben ging. Das Wasser war knapp. Ihre rosigen Gesichter trugen inzwischen wegen der vielen Unannehmlichkeiten, die sie ertragen mussten, einen zerknirschten Gesichtsausdruck.

Sie weinten nicht nur, nein, sie schrien. Die Füße waren langsam zerschunden und man musste anhalten, ausruhen, ein bisschen Mehl mit Wasser und Zucker mischen, das sättigt ein wenig, stillt den Durst und ist billig. Dann marschierten sie weiter und wenn die Nacht und die Kälte kamen, rückten alle enger zusammen und verkrochen sich in einer Vertiefung im Boden. Man schlief so gut es ging, damit man danach weiter marschieren konnte.

"Wir werden in Iquique ankommen und dort wird man uns verstehen und uns helfen! Nur nicht den Mut verlieren, liebe Freunde, nur immer weitermachen...", mit diesen Worten, die entlang der ganzen Menschenschlange zu hören waren, versuchten Raúl, Pedro, Enrique, Oscar Manuel und Arturo die Menschen zu motivieren. Sie waren die Anführer, der Antrieb für die Hoffnung und den Kampf und wie Schäferhunde umkreisten sie die Menschenmenge, um jedem Mut zuzusprechen.

Der "Graue" lief in Gedanken verloren vor sich hin. Er glaubte, das zarte Wimmern seiner Mechita zu hören. Dieses Geräusch drang aus dem Unterbewusstsein zu ihm und versprach ihm Zärtlichkeit, nach der er sich sehnte. Er dachte an ihr festes, hungriges Fleisch und diese Erinnerung trieb ihn an, immer weiter zu laufen.

Raúl war besorgt aber fest entschlossen und sich seiner Verantwortung bewusst. Auf seinen Schultern lag die Last der Hoffnung so vieler Menschen. Aber dieses Gewicht zwang ihn nicht in die Knie, denn es ging um eine gerechte Sache. Es war eine Sache der Liebe, der Liebe für den Arbeiter, der diese Liebe verdient hatte. Das werden auch die Behörden verstehen und sie werden ihnen helfen. "Auch die hohen Herren der Minen werden es verstehen...", diese Worte wiederholte er in Gedanken ein um das andere Mal, um sich selbst Mut zuzusprechen. Er brauchte diese Kraft mehr als alle anderen, denn alle schauten auf ihn. Seine Leonor schaute ihm gewiss auch aus dem Himmel zu und unterstützte ihn von dort aus. "Sie würde heute hier auch mit marschieren.", versicherte er sich selbst. Er schloss die Augen und fühlte die Gegenwart dieser ungewöhnlichen Frau.

Die Nachricht von dem Marsch kam auch in
Iquique an. Die Leute sprachen darüber und
die Arbeitervertretungen kamen zusammen,
um sich mit den Pampinos solidarisch zu
erklären. Es waren schließlich ihre Brüder.
Man musste sie gebührend empfangen und
ihnen helfen. Es wurden Gruppen
organisiert, die Wasser, Lebensmittel,
Medizin, Verbandsmaterial, Schuhe und
Kleidung zusammentrugen und sich dann
der Menschenmenge anschlossen, um sie
auf den letzten Metern zu begleiten und zu
unterstützen. Als die marschierende Menge
sie ankommen sahen, kehrte das Leben in
ihre geschwächten Körper zurück. Das
letzte Wegstück wäre ansonsten, wie bei
allen solchen Märschen, sicherlich das
schlimmste geworden. Einige der kleineren
Kinder befanden sich in akuter
Lebensgefahr und würden sterben, wenn sie
nicht sofort medizinische Hilfe bekamen.
Die Regierung, die Stadtverwaltung von
Iquique, die hohen Herren der
Salpeterminen, Parlamentarier und Militärs,
sie alle standen in permanentem Kontakt
zueinander. Der amtierende Bürgermeister
befand sich gerade in der Hauptstadt. Sein
Vertreter erhielt die Telegramme aus dem
Innenministerium und informierte die
anderen Herren sofort über deren Inhalt.
Eines der Telegramme beinhaltete das
absolute Verbot für die Arbeiter aller Büros,
nach Iquique zu marschieren. Aber es war
schon zu spät, die Arbeiter und ihre

Familien waren ja schon auf dem Weg.

Während die Menschenmenge weiter marschiert und gegen die Hitze des Tages, die Müdigkeit und die Kälte der Nacht ankämpfte, schickte die Regierung ihr Kriegsschiff, die "Esmeralda" und kündigte die Entsendung von weiteren Truppen an. Der Innenminister, Rafael Sotomayor, führte die Operation an und betonte in seinen langen Telegrammen, dass "die Polizeigewalt sich Respekt verschaffen muss, ganz gleich, welche Opfer dafür gebracht werden müssen". "Um die geeigneten Vorsichtsmaßnahmen zu treffen, gehen Sie vor, wie bei einem Belagerungszustand. Die Polizeigewalt muss die Ordnung herstellen, koste es was es wolle."

Nervös beobachteten die Militärs, wie die Mobilisierung befohlen wird. Es schien ein Krieg auszubrechen. Nur mit wem? Die Anführer der Regimenter "Carampagne" und "Granaderos" aus Iquique befanden sich in höchster Alarmbereitschaft. Das Regiment "O'Higgins" aus Copiapó, die Soldaten der Regimenter "Rancagua" und "Atacama" aus Tacna setzten sich mit ihren Helmen, Gewehren, ihrer Munition und mit Kriegsproviant in Richtung Iquique in Bewegung. Auch die Marine mit ihrem Kreuzer "Zenteno" wurde mobilisiert und das Transportschiff "Maípo" wurde mit

Militärpolizisten besetzt, gefechtsbereite Soldaten zur Verteidigung der öffentlichen Ordnung und der sozialen Sicherheit.

"Die ersten Menschengruppen nähern sich Iquique!", informierte man den Vertreter des Bürgermeisters.

"Alle verfügbaren Polizisten sollen sich zum Eingang der Stadt begeben und die Leute bis zur Pferderennbahn geleiten. Dort sollen sie warten. Dem Komitee teilen Sie mit, dass ich sie am Nachmittag in meinem Büro erwarte.", so lautete seine Anweisung.

Die Menschenmenge kam ins Stocken. Die Stadt war ganz in der Nähe, die Hoffnung wuchs, es fehlte nicht mehr viel. Die Optimisten unter ihnen dachten, dass diese Anstrengung nicht umsonst gewesen sein konnte.

Die Anführer versammelten sich. Sie waren angespannt und voller Vorfreude besprachen sie sich und trafen ihre Entscheidungen. Es wurden Komitees gebildet, damit die Ordnung eingehalten und gewahrt werden konnte. "Es müssen unbedingt Pöbeleien und Provokationen vermieden werden! Unsere Familien und wir, wir müssen die Ruhe bewahren und in der Stadt muss es ruhig zugehen." Raúl war derjenige, der am meisten zur Vorsicht mahnte. Sie begaben sich zur Rennbahn, versammelten sich dort und warteten.

Endlich waren sie angekommen. Aber sie waren kaputt und müde. Zwei kleine Jungen erhielten ihre Hilfe nicht rechtzeitig und sie starben. Die Arbeiter und ihre Familien waren betroffen. Die Mütter schauten mit Tränen in den Augen in den Himmel und riefen:

"Das ist dein Wille, Herr! Lass uns nicht noch mehr allein. Du hast uns diese Engel genommen aber jetzt gib uns deinen Segen." Der Schmerz und die Resignation über den Verlust der beiden Kinder waren spürbar. Raúl erhielt die Nachricht des Bürgermeisteramtes und gab sie an das Streikkomitee weiter. "Sicher werden sie gerade eine Versammlung abhalten, weil man ganz bald eine Lösung finden muss. Die Situation ist sehr schwierig, die Menschen sind in keinem guten Zustand und auch wenn die Stimmung noch gut ist, kann sich das ganz schnell ändern.", dachte er bei sich.

Die hohen Herren und der Vertreter des Bürgermeisters versammelten sich in dem bereits bekannten Saal mit seinem gläsernen Kronleuchter und den schönen Teppichen und Tapeten. Der Stellvertreter des Bürgermeisters und sein Berater, ein Kommandant des Militärs, bemühten sich, eine Lösung des Konfliktes zu finden und sie versuchten, die hohen Herren davon zu überzeugen, dass man jetzt die Situation beenden müsse, denn sie wurde langsam unerträglich. Die Herrschaften in ihren eleganten Anzügen und mit ernster Miene äußerten beleidigt: "Unser guter Ruf steht auf dem Spiel. Egal welche Lösung angestrebt wird, das geht nur über die Rückkehr zur Arbeit. Danach können wir weiterreden!"

Der Stellvertreter des Bürgermeisters fragte daraufhin: "Wann wird man alles weitere besprechen können?"

"Wenn in acht Tagen alles wieder ruhig ist und die Arbeit ihren gewohnten Weg geht, dann werden wir die Anträge der Arbeiter anhören und unsere Antwort geben.", antwortete ein Herr, der wohl der Sprecher dieser Gruppe eleganter Herren mit ernster Miene war.

"Aber bisher kannten Sie die Forderungen doch schon und haben immer mit „Nein" geantwortet. Jetzt sind Sie bereit, noch einmal über die Forderungen nachzudenken und eine andere Antwort zu geben?"

"Ich wiederhole noch einmal: Wenn alles in Ordnung ist, die Sicherheit der Oficinas gewährleistet ist und die Arbeit läuft, dann werden wir die Vorschläge untersuchen und eine Antwort geben."

"Im Namen der Regierung, die ich vertrete, benötige ich in diesem Moment eine Aussage von Ihnen, dass Sie nicht nur über die Forderungen nachdenken werden, sondern dass Sie eine anständige Lösung im Interesse Chiles suchen werden!"

"Die Interessen Chiles sind auch unsere Interessen, Herr Bürgermeister. Wenn wir gewinnen, gewinnt auch Chile. Mit unserem Kapital, unserer Führung und unserem Salpetergeschäft sichern wir die Interessen dieses Landes, damit es wohlhabend bleibt und international anerkannt wird. Wir werden eine Lösung finden, die ganz im Interesse Chiles steht. Das versichern wir Ihnen!" Der stellvertretende Bürgermeister, Julio Guzmán, und sein Berater, der Kommandant Almorza, zogen sich aus dem eleganten Salon zurück. Sie dachten, dass sie das Streikkomitee überzeugen und den Konflikt, der ihnen nachts den Schlaf raubte, beenden könnten. Sie schickten ein Telegramm in die Hauptstadt und baten um die sofortige Rückkehr des amtierenden Bürgermeisters. Sie baten darum, dass er die entsprechenden Vollmachten mitbringen sollte. In Wirklichkeit hatten sie aber panische Angst vor den Nachrichten, die sie erhalten könnten. Es lag eine Kälte in der Luft, die sie in Alarmbereitschaft versetzte. Sie spürten, dass sie sich inmitten eines Gewitters befanden, welches über sie hinweg fegte.

Die Unterhaltung mit dem Streikkomitee dauerte nicht lange. Die unglücklichen Todesfälle der zwei Kinder hatten die Moral der Arbeiter geschwächt. Sie akzeptierten den Waffenstillstand von acht Tagen. Sie würden wieder zur Arbeit gehen und so verlangten sie nach einem Zug, der sie zurück bringen würde. Dieses Zugeständnis wurde ihnen gemacht. "Ihr könnt mit dem Zug zurück fahren!", waren die Worte des stellvertretenden Bürgermeisters.

Und der Teufel zieht den Schwanz ein

Die Leitung der Bahngesellschaft erhielt den entsprechenden Befehl. Sie sollten die notwendige Anzahl an Zügen und Wagons zur Verfügung stellen, damit tausende von Pampinos an ihre Arbeitsplätze zurückkehren konnten. Und zwar sofort!

Die Anführer des Komitees erklärten jedem einzelnen der tausend Streikenden persönlich diese neue Abmachung. Sie akzeptierten den Waffenstillstand und kehrten an ihre Arbeitsplätze zurück.

Es war Sonntag, der 15. Dezember 1907. Sie machten sich alle auf den Weg zum Bahnhof. Die ersten, die ankamen und in die Wagen steigen wollten, bemerkten, dass diese keine Passagierwagons waren, sondern Frachtwagons, die sonst zum Transport des Salpeters oder für den Transport von Vieh aus dem Süden benutzt wurden. Es gab keine Sitzplätze, die Wagons waren einfach leer. Sie stiegen empört wieder aus.

"Wir sind doch keine Tiere, dass wir so reisen müssen!", riefen alle durcheinander.

"Wir sind arm, aber ein bisschen Würde haben wir schon noch!", sagten andere. Alle waren sehr empört und es wurde aufgeregt diskutiert. Schließlich trafen sie die

Entscheidung, nicht einzusteigen. Daraufhin begaben sich alle an den Strand und zwar nicht, um dort einen schönen Sonntag zu verbringen und im Pazifik zu baden, sondern, um sich dort Luft zu machen und öffentlich Kritik an den Behörden zu üben, die anscheinend mit ihnen spielen wollten. "Wir sind arm, aber wir arbeiten und produzieren jeden Tag. Warum beleidigen Sie uns auf diese Weise? Das wir arme Arbeiter sind, heißt noch lange nicht, dass wir deshalb aufhören, Menschen zu sein. Wir haben ein Herz und eine Seele."

Der Sand des Strandes bekam das gesamte Gewicht der Pampinos zu spüren, ihre Klagen und ihre Wut. Das Wasser geriet in Bewegung, als würde es respektvoll den Arbeitern lauschen, aber als hätte es auch eine dunkle Vorahnung, dass etwas nicht in Ordnung war.

Einige wurden in der Schule "Santa María" untergebracht, eine größere Anzahl allerdings übernachtete auf dem Marktplatz von Iquique. Niemand konnte erklären, warum die Wagons an den Zügen ausgetauscht worden waren. Wer sollte den Arbeitern einen derart bösen Streich spielen wollen? Sollte doch der Teufel den Schwanz einziehen! Eines hatte man auf jeden Fall erreicht: Die Streikenden änderten ihre Meinung und entschlossen sich, den Kampf um ihre wenigen Rechte und ein paar Centavos mehr weiter zu führen.

In der Zwischenzeit liefen die Drähte des Telegraphen heiß. Sie übertrugen die Anordnungen des Ministers Rafael Sotomayor und die Stellungnahme der Regierung. Einige der Anführer glaubten auf unschuldige Art und Weise immer noch an das Gute in diesen Personen. Eines der Telegramme lautete:
"In jedem Fall müssen Personen und Besitztümer geschützt werden. Es ist absolut zweckdienlich, die ganze Sache im Keim zu ersticken, bevor das Chaos größere Formen annimmt."

Das Wort "Personen" schien sich aber nicht auf die Salpeterarbeiter zu beziehen und auch bei der Begriffswahl "Besitztümer" schien es sich nicht um die Arbeiter zu drehen, denn die hatten ja gar keine.

Oh, diese Liebschaften!

Der "Graue", seine Freunde und seine Familie verloren sich aus den Augen. Er übernachtete bei Tante Meche.

Weit ab von den Vorkommnissen in Iquique, lebten die Verliebten ihre ungebremste Leidenschaft. Als ihr Atem langsamer wurde und die Körper sich allmählich beruhigten, dachten die beiden Verliebten, ausgestreckt auf dem Bett und mit dem Blick an die Decke gerichtet, an ganz verschiedene Dinge. Sie rauchte und dachte darüber nach, wie sie ihren Liebsten so lange wie möglich an ihrer Seite halten könnte. Sie zog sogar in Betracht, ihn zu fragen, ob er nicht bei ihr leben wollte. Es würde ihm an nichts fehlen, er wäre ihr Mann, für den sie arbeiten und leben würde bis zum Tod und das alles ohne Bedingungen zu stellen. Von ihrer Freundin und Beraterin Ester wusste sie, dass es Unruhen in der Stadt gab und dass etwas Großes im Gange war. Ester hatte ihr erzählt, dass viele Soldaten und auch die Marine angekommen seien und dass in der Nacht zuvor einige Marinesoldaten, die gerade erst angekommen waren, in dem Bordell zu Besuch gewesen waren. Sie waren von dem Schiff "Blanco Encalada"[11] und erzählten, dass sie kurz vor einem

---

[11] Entspricht "weiß getüncht" (Anm. d. Übers.)

großen Kampf mit den Pampinos ständen, die seien nämlich gefährlich und würden wahrscheinlich die Stadt plündern. Alles sei gut vorbereitet. Es gäbe genügend Krankenwagen, Ärzte und alles andere auch, sogar besser als beim Krieg gegen die Peruaner und Bolivianer.

Sie wollte ihn nur für sich haben. Sie wollte, dass er weit weg war, vom Streik und der Unruhe. Sie wollte mit ihm leben, die große und einzig wahre Liebe spüren, die sie jetzt zum ersten Mal zu spüren glaubte. Sie wollte ihn mit niemandem teilen, nicht mit seiner Familie und auch nicht mit einer Sache, die sie nicht verstand und nicht verstehen wollte. Diese Dinge waren nichts für sie.

Der andere der beiden Verliebten rauchte nicht. Stattdessen dachte er an seinen Vater, seine Schwestern und seine Freunde und Kollegen. Er dachte an die vielen Familien, die sich aus der Wüste auf den Weg gemacht hatten, auf der Suche nach Gerechtigkeit hier in Iquique, der großen Stadt. Die "Sache" der Arbeiter war auch seine Sache, es war die Sache seiner Mutter und die seines Vaters. Er spürte eine ihm fremde Angst und eine bisher unbekannte Unruhe. Für einen kurzen Moment glaubte er, ruhig zu werden, dann jedoch kam wieder die Unruhe hoch.

Meche unterbrach die Stille und sagte:

"Mein Liebling, du musst bei mir bleiben, bis die ganze Sache vorbei ist. Jetzt ist es gefährlich, in der Stadt herum zu laufen. Da sind ganz viele Polizisten und Soldaten. In jeder Sekunde kann etwas passieren und wenn dir etwas passieren würde, könnte ich das nicht ertragen. Du liebst mich doch, oder? Dann bleib doch bitte, bis alles vorüber ist. Wirst du das tun?"

Der "Graue" war wie versteinert. Diese Bitte hatte er nicht erwartet. Nein! Er konnte doch seine Leute nicht alleine lassen. Die Sache an sich stand doch über allen Dingen. Außerdem erinnerte er sich an das Versprechen, das er seiner Mutter in der Wüste gemacht hatte: Sein Vater musste weitermachen, das war ganz wichtig. Jetzt mehr denn je musste er auf seinen Vater aufpassen. Mit ruhiger und entschlossener Stimme antwortete er seiner Liebsten:

"Es tut mir leid, meine Liebste, ich muss zu meinen Leuten zurück. Mein Vater braucht mich, ich muss bei ihm sein. Da sind auch noch meine Schwestern. Es wird nichts passieren, alles wird gut werden. Danach, wenn alles geregelt ist, werde ich kommen und wenn du es willst, können wir für immer zusammen leben, das schwöre ich dir. Aber jetzt muss ich gehen. Sei unbesorgt und danke, dass du dir Sorgen um mich gemacht hast. Ich liebe dich sehr!"

Als der "Graue" ging, blieb Meche traurig zurück. Aber das Versprechen, dass er zurück kommen würde, um für immer mit ihr zusammen zu leben, empfand sie wie einen Segen, den der Himmel über ihr ausgesprochen hatte. „Mmhm, für immer zusammen! Hoffentlich hat der liebe Gott das gehört und der Teufel stellt sich einmal taub.", dachte sie. Aus dem Fenster sah sie ihn weggehen. Seine Schritte waren fest und entschlossen. Er schaute sich um und warf ihr mit der Hand einen Kuss zu. Der Kuss flog bis zu ihr hinauf.

Und das Meer spuckt sie wieder aus

Der "Graue" traf sich mit seinem Freund und Vertrauten Juanín. Er war der einzige, der von der Liebesgeschichte wusste, von der er seinem Vater nicht hatte erzählen können. Sein Vater hätte diese seltsame Liebschaft seines Sohnes niemals akzeptiert. Eine Liebschaft mit einer Hure, das könnte sein Vater niemals verstehen. Seine Liebe diente nicht dazu, um davon zu erzählen, sie war nur dafür da, um sie ganz alleine und für sich erleben zu können.

Juanín hatte sich verändert. Es schien, er sei auf einen Schlag erwachsen geworden. Er war nicht mehr das Kind, das man in ihm sah. Er war eher ein ernster Mann geworden und er erzählte seinem Freund die letzten Spielzüge des Konfliktes und dass es sehr wichtig sei, dass alles gut ausginge. Er berichtete, dass der Vater des Grauen in diesem Moment mit dem Streikkomitee zusammen saß und auf die Ankunft des Bürgermeisters wartete, der aus der Hauptstadt kommen sollte und die entsprechenden Vollmachten des Präsidenten zur Lösung des Konfliktes mitbringen würde. Aber er erzählte auch, dass die Ankunft des Generals Silva Renard bevorstand, von dem man nichts Gutes erwarten konnte.

Das Streikkomitee traf sich mit dem amtierenden Bürgermeister, Herrn Eastman, und nahm voller Freude dessen Worte auf, die da lauteten: "Ich bringe die schriftliche Erlaubnis des Präsidenten der Republik, an einer Lösung des Konfliktes zu arbeiten. Geben Sie uns einen Ansatz an und wir werden sehen, inwieweit wir diesen realisieren können."

Die Anführer zogen sich zur Beratung zurück. Raúl war einer der Eifrigsten auf der Suche nach einem durchführbaren Ansatz. Seine Erfahrungen in Valparaíso hatten ihm gezeigt, dass jede Lösung besser ist, als die, ein Leben zu verlieren. Er wusste, dass seine Sache gerecht war und er auf Verständnis stoßen würde. Schließlich waren die Arbeiter davon überzeugt, dass die hohen Herren mit einer Lohnerhöhung von 60 % einverstanden sein würden und man im Gegenzug dafür einen ganzen Monat die Diskussionen über die verbleibenden Forderungen aussetzen würde. Wenn diese Forderung akzeptiert werden würde, dann würden sie sofort an ihre Arbeitsplätze zurück kehren.

Der Bürgermeister, Herr Eastman, fand diesen Vorschlag vernünftig und um eine positive Entscheidung der kapitalistischen Herren zu erwirken, gab er denen noch das Zugeständnis, dass die Regierung die Hälfte dieser Erhöhung für die Dauer des einmonatigen Waffenstillstandes zahlen würde.

Die Herren gaben zur Antwort, dass sie sich unter Druck gesetzt fühlen würden, solange der Streik andauerte. Sie bestanden darauf, dass zuerst der Streik beendet werden müsse und man dann anschließend die Verhandlungen aufnehmen könnte. Auf diese Weise würden auch sie ihr Gesicht nicht verlieren. Ihnen war die Wahrung ihres Gesichtes sehr wichtig, genauso wichtig wie ihr ekelerregender, ständiger Durst nach Gewinnen. Der Bürgermeister übernahm daraufhin die Rolle des Schiedsmannes, da er bei einer ähnlichen Gelegenheit in Tocopilla bereits damit Erfolg gehabt hatte. Die Herren antworteten ihm wieder mit den gleichen Worten: "Einverstanden, aber zunächst müssen Sie alle an ihre Arbeitsplätze zurück kehren."

Die Besitzer der Salpeterminen hatten gar nicht die Absicht, eine Lösung zu finden. Sie hatten volles Vertrauen auf die Unterstützung ihrer Position, denn diesbezüglich hatten sie bereits Informationen erhalten. Bald würde der Konflikt auf die eine oder andere Art beigelegt werden und die ganze Sache würde sicherlich zu ihren Gunsten ausgehen.

Die Streikenden akzeptierten die Position

der Minenbesitzer nicht, denn sie vertrauten ihnen nicht und waren der Überzeugung, dass sie aufgrund des Marsches, der Entbehrungen und der Solidarität der Arbeitervertretungen aus Iquique eine angemessenere Lösung verdient hätten. Sie bestanden auf den Vorschlag, den der Bürgermeister übermittelt hatte. Sie äußerten auch ihre Bedenken wegen des großen Militäraufgebotes. Sie waren besorgt wegen der Streitsucht der Militärs und erhoben Anzeige, weil eine Gruppe Soldaten eine Gruppe Arbeiter, die sich aus Buenaventura auf den Weg nach Iquique machen wollten, beschossen hatte. Die Arbeiter betonten, dass sie Maßnahmen getroffen hätten, um die Ordnung zu wahren, auch wenn dies sehr schwierig sei. Ihre Absichten seien absolut nicht kriegerischer Natur und sie würden auf eine Einigung vertrauen.

Dicke schwarze Wolken, wie man sie zuvor noch nie gesehen hatte, zogen am Himmel von Iquique auf. Sie zogen von der See her auf, deren Wasser aufgewühlt und immer bewegter war. Die See toste vor lauter Scham und Vorahnung. Das Meer zeigte sich feindlich, so als würde es die Pampinos verjagen wollen, so als wollte es ihnen sagen: "Geht schon, ihr habt an diesem Strand nichts mehr verloren! Geht schon, bitte, sonst werde ich euch hinweg spülen." Das Meer wollte, dass sie jetzt sofort gehen

151

sollten und nicht erst später, wenn es bereits ihr Blut weggewaschen hatte und manche ihrer leblosen Körper in sich hatte aufnehmen müssen. "Nun geht doch endlich!", rief es immer wieder, aber niemand schenkte ihm Gehör.

Der Himmel verfärbte sich lila; aus einer Scham heraus, die nicht seine sein sollte, aber er verspürte sie, wegen allem, was er von dort oben beobachten konnte. Juanín sprach mit dem "Grauen" und sang ihm ein Lied vor, eine Ballade die an Valparaíso erinnerte, an das Jahr 1903 und die Plaza Echaurren, blutüberströmt und übersät mit den leblosen Körpern der Erschossenen, unter ihnen auch der Körper Leonors, der Märtyrerin, der einfachen Frau, die es gewagt hatte, Träume zu schaffen:

„Die Zukunft lässt mich beben...
Tod liegt in der Luft.
Es ist mein guter Freund,
den er bald zu sich ruft.
Nicht Niederlage, nein schlimmer ist,
was die Dunkelheit uns bringt.
Weil das Meer,
das will uns nimmer.
Weil das Meer,
uns sonst verschlingt.

"Dein Lied ist ein schlechtes Omen, Juanín. Es macht mir Angst. Lass uns zu meinem Vater gehen!"

Ihnen zu Ehren, Herr General, trägt Iquique heute Schwarz ...

In der Nacht des 20. Dezembers 1907 fand ein Gipfeltreffen zwischen dem Abgeordneten, drei Minenbesitzern und General Silva Renard statt. Hochmütig, sehr elegant und mit unergründlicher Miene führte der Abgeordnete die Sitzung an. Diesmal lächelte er sogar ganz offen hochmütig vor sich hin.

"Wir konnten feststellen, dass die versammelten Streikenden immer wieder die bekannten Phrasen wiederholen, mit denen sie dem Kapital und der bestehenden sozialen Ordnung den Krieg erklären. Die brüllende Menge, die Fanfaren und die Vielzahl an Fahnen anderer lateinamerikanischer Länder lassen keinen Zweifel daran, was die wahren Absichten dieser Leute sind. Das geht nicht nur gegen Sie, meine Herren Unternehmer, es geht gegen unser ganzes Land und Sie, Herr General, Sie müssen dem Ganzen ein Ende setzen! Der Herr Innenminister wird hundertprozentig hinter Ihnen stehen und ich persönlich werde mich diesbezüglich um das Parlament kümmern. Das Wohl Ihres Vaterlandes liegt in Ihren Händen. Wir sind uns sicher, dass Sie diese undankbare aber auch patriotische Aufgabe ehrenhaft erledigen werden!"

"Sehr gut, Herr Abgeordneter! Sie können auf mich zählen. Meine Truppen stehen hinter mir. Dieser Streik wird morgen beendet werden. Koste es, was es wolle! So hat es auch der Herr Minister in seinem Telegramm an mich ausgedrückt. Ich rechne selbstverständlich mit Ihrer Unterstützung."

Die unnachgiebigen Besitzer der Salpeterminen, deren Macht sich die chilenischen Behörden unterwarfen, nickten zustimmend während sie dem Dialog der beiden "Patrioten", dem reichen Abgeordneten und dem ehrbaren Krieger, lauschten und sicherten letzterem ihre Unterstützung zu.

"Wenn Sie erlauben, Herr Abgeordneter, würden wir gerne noch einmal an die abgesprochenen Maßnahmen hinsichtlich der Presse erinnern, insbesondere im Bezug auf die Ihnen bekannte Tageszeitung "La Epoca"[12] aus Valparaíso und der Presse aus Tocopilla, Antofagasta, Taltal und auch wegen der Kontrolle der möglichen Sympathiekundgebungen, zu denen sich vielleicht einige hinreißen lassen. Hier muss die Kontrolle absolut streng erfolgen. Noch besser wäre es, wenn man den Ausnahmezustand ausrufen würde."

---

[12] Entspricht dem Ausdruck "Die Epoche". (Anm. d. Übers.)

"Ihre Wünsche sind unsere Befehle, meine Herren!"

Der peruanische Konsul erhielt einen Anruf des Innenministers, der ihn vor dem drohenden Unheil warnte und ihn bat, seine Landsleute anzusprechen und aufzufordern, Iquique zu verlassen. Es gab ungefähr 1500 peruanische Arbeiter in Iquique und einigen anderen Oficinas. Sie weigerten sich, ihre Kumpel alleine zu lassen und hielten weiterhin stolz ihre Fahnen neben den chilenischen, argentinischen und anderen südamerikanischen Landesflaggen in die Höhe. Die Menschenmenge hatte sich inzwischen hauptsächlich auf drei Plätze verteilt: die Plaza Manuel Montt, die Rennbahn und die Schule Santa María.

In der Nacht vom 20. auf den 21. Dezember 1907 ist das Haus von Tante Meche ganz gut besucht. Marineoffiziere, Soldaten und Polizisten haben ihren Spaß mit den Mädchen. Der Alkohol lockert bei vielen die Zunge ein bisschen zu sehr. Sie kommen sich wichtig vor, ihr Einsatz ist schließlich fürs Vaterland und wird allem ein Ende setzen, was eine Bedrohung für das Land darstellt.

Ester bespricht mit Meche, was sie soeben gehört hat. Sie glaubt, dass es ein schreckliches Unheil geben wird und dass es mehr als einen Toten geben wird. Fest steht auf jeden Fall, dass einige im Gefängnis landen werden, denn man hat erzählt, dass der Streik im Keim erstickt werden soll. So hat sie es jedenfalls gehört. Meche macht sich große Sorgen um ihren "Grauen", aber sie weiß nicht, was sie tun soll, denn sie kann ja nicht zu ihm gehen und ihn zu sich holen. Naja, wenn sie ihn verhaften, wird sie mit dem General sprechen und der wird ihr ganz bestimmt zuhören, dann wird ihr "Grauer" bald wieder frei sein. "Sei unbesorgt, Ester, alles wird sich aufklären...hoffentlich."

Das Streikkomitee sitzt in einem kleinen Raum der Schule Santa María zusammen und bemüht sich, Klarheit in die Situation zu bringen. Sie versuchen, eine baldige Lösung für den Konflikt zu finden. Einige Kinder befinden sich in einem schlechten Zustand. Die Frauen strengen sich noch mehr an, um die Männer aufzumuntern, denn viele von ihnen beginnen inzwischen an dem guten Ausgang des Streiks zu zweifeln. Sie fühlen sich von den Behörden verlassen. Der Bürgermeister hat es nicht geschafft, die Minenbesitzer zu überzeugen. Sie beobachten die Truppenbewegungen und finden heraus, dass es der Kommandant des ersten Bataillons ist, der das Sagen hat. Sie haben kein Vertrauen zu General Silva Renard.

Trotz alledem kommt das Komitee überein,

auf der Erhöhung der Gehälter zu bestehen und in einem Monat die restlichen Forderungen zu besprechen oder gegebenenfalls einen Schiedsmann anzurufen, wie es der Bürgermeister vorgeschlagen hatte. Es ist den hohen Herren ganz gleichgültig, für welche der beiden Varianten sie sich entscheiden, Hauptsache, sie kehren sofort an ihre Arbeitsplätze zurück!

"Wir müssen auf unseren Forderungen bestehen. Inzwischen sind wir viel mehr geworden und sie werden akzeptieren müssen! Mit dem, was wir bisher schon auf die Beine gestellt haben, haben wir Arbeiter unsere Stärke und Einheit bewiesen. Das müssen die sich vor Augen halten und endlich anfangen, uns zu respektieren, so wie wir es schon lange verdient haben!"

Sie vereinbaren auch, an den drei Standorten, der Plaza, der Schule und der Rennbahn, zu bleiben. Auf diese Art, ist es einfacher, alles zu kontrollieren. An allen Standorten müssen die selbst eingesetzten Ordnungskräfte auf der Hut bleiben und sich um die Versorgung der Kinder, der Kranken, von denen es bereits viele gibt, und den sinnvollen Einsatz von Trinkwasser und Lebensmitteln kümmern. Hierbei werden sie ganz solidarisch von den Arbeitervertretungen aus Iquique unterstützt. Früh am Morgen übergeben die

Fischer fast ihren gesamten Fang den Pampinos. Die Bäcker geben ihre Vorratsrationen ab und kaufen neue bei den Ladenbesitzern. Außerdem fahren sie inzwischen Doppelschichten.

Die ganze letzte Woche war geprägt durch eine große Opferbereitschaft und eine immense und sehr bewegende Solidarität unter der arbeitenden Bevölkerung. Die Männer kämpfen für mehr Gerechtigkeit, aber sie kämpfen ohne Gewehre, denn ihre Waffen sind ihre arbeitenden Hände. Ihre Waffen sind ihre Forderung und ihr Druckmittel ist der Streik. Die Forderungen und der Streik für ein besseres Leben sind gerecht und sie sind es Wert, durchgesetzt zu werden. Die Zeit der Sklaverei muss nun endlich mal ein Ende haben. Die Männer hatten eine bessere Antwort von Seiten der "hohen Herrschaften", den Besitzern des Geldes, verdient.

Im Anschluss an die Versammlung trifft sich Raúl mit seinem Freund Pedro und den beiden Familien. Sie sprechen über die Situation und ihre Erinnerungen bringen ihnen die schrecklichen Tage aus Valparaíso zurück. Die aktuelle Situation ähnelt so sehr den vergangenen Tagen, dass sie glauben, alles noch einmal zu erleben. Sie haben Angst, das können sie nicht verleugnen. Das einzige, was sie wollen ist, dass es bald vorbei ist und auch wenn sie verlieren, ist es das Wichtigste, dass sie alle lebend wieder zu Hause ankommen.

"Egal, was dabei raus kommt, vor Weihnachten wird der Streik vorbei sein. Lasst uns noch ein wenig warten. Wir glauben immer noch daran, dass der Bürgermeister die Minenbesitzer überzeugen wird und wenn nicht, dann kehren wir eben mit leeren Taschen nach Hause zurück und warten bis zum nächsten Mal. Was wir bis jetzt erreicht haben, ist schon großartig und man wird es zur Kenntnis nehmen müssen. Wir haben gezeigt, dass wir uns einig sind und nur das zählt für die Zukunft. Und wer weiß, vielleicht gewinnen wir ja auch und kehren glücklich und gestärkt nach Hause zurück und unsere Zukunft wird eine bessere sein, dank unserer Einheit und unserer Organisation.", so spricht Raúl zu den beiden Familien.

Juanín hört nur zu und schaut Raúl unentwegt an. Er schließt die Augen und über seine Wangen laufen die ersten Tränen, die ersten von vielen Tränen, aber er gibt keinen einzigen Laut von sich. Er weint in absoluter Stille. Er hebt den Kopf und blickt in den sternenklaren Himmel. Abwehrend bewegt er seinen Kopf, so als wolle er jemanden davon abhalten, etwas schlimmes zu tun. Aus seinem Mund kommen die Worte:

"Es ist Herodes...
Mörder schickt er aus Angst,
weil seine Macht ihn bald verlässt.
Guter Mann, Du musst fliehen,
mit Deiner Frau weiterziehen,
denn dieses Kind,
das musst Du schützen. "

Alle schauen Juanín an und ein Schauer läuft ihnen über den Rücken. Raúl fragt ihn, warum er weinen würde und was er damit sagen wolle.

"Ich habe schreckliche Angst, etwas Schlimmes wird passieren. Es wird viele Tote geben. Aber einer muss weiter machen, um davon zu erzählen. Er muss weiter machen und für die Gerechtigkeit kämpfen, er muss den anderen ein Beispiel sein und es darf niemals vergessen werden. Die Zukunft wird es zeigen. Raúl, du musst weiter machen, du bist ein Arbeiter und ein Anführer. Du musst weiter machen!"

Raúl ist bestürzt und weiß nicht, was er sagen soll. Die Mädchen haben angefangen zu weinen. Teres umarmt ihren Juanín, während Pedro mit seinem Freund Raúl das gleiche tut. Der "Graue" schaut in die Runde und umarmt seine Schwestern. Es ist Abschiedsstimmung. Die Angst beginnt zu schwinden und eine wunderbare Kraft durchströmt ihre Adern. Raúl erwacht wie aus einem Traum und trifft eine

Entscheidung: Er und der "Graue" bleiben in der Schule zusammen mit den anderen Anführern. Pedro und Teresa gehen mit Juanín und den Mädchen auf die Rennbahn, um dort den Frauen und Kindern zu helfen. Wenn alles vorbei ist, wollen sie sich treffen, um gemeinsam den Rückweg anzutreten. Dann gehen sie alle zu Bett, denn am nächsten Morgen beginnt ein wichtiger Tag, vielleicht der alles entscheidende. Nur ruhig, und ab ins Bett! Das ist die Devise. Mit einem Kuss haben sich alle verabschiedet. Juanín bittet Raúl, bei ihnen bleiben zu können.

"Ich bin eigentlich immer beim "Grauen"", sagt er. Pedro, Teresa und die Mädchen begeben sich in Ruhe auf die Rennbahn, um dort ihre Plätze einzunehmen und auf die Kinder aufzupassen. Raúl und die Jungs bleiben in der Schule.

Der Bürgermeister erhält vom Innenminister die Anweisung, den Streik zu beenden. Alle sollen sie nach Hause zurückkehren. Die Behörden sollen sich durchsetzen. Später würde man ja schon sehen, wie die Dinge weiter laufen würden. Aber jetzt sofort, soll der Streik beendet werden. General Silva Renard, der Kommandant der Truppen, befiehlt über die Streitkräfte und die Ordnungskräfte. Er hat dafür zu sorgen, dass die öffentliche und soziale Ordnung wieder hergestellt wird und das Personen und ihre Besitztümer geschützt werden.

Der General erhält den Befehl, alle Streikenden an einem einzigen Ort zu versammeln. Er soll sie alle auf der Rennbahn zusammenführen, dort wird man zu den Streikenden sprechen und von dort werden sie dann auch zu den Zügen aufbrechen, die sie dann zurück in die Pampa bringen werden. Der Streik wird für beendet erklärt. So lautet der Befehl der Regierung und ihm ist Folge zu leisten, koste es was es wolle.

Der General bereitet die Aktion zusammen mit seinem Stab vor. Er holt Informationen ein, fragt nach den zur Verfügung stehenden Kräften, nach der Munition, der Bewaffnung, der Gemütsverfassung der Truppen, Anzahl der Offiziere, Krankenwagen, Ärzte und Kranken-schwestern; er fragt nach den Krankenhäuser und bestellt die Müllabfuhr für die anschließenden Aufräumarbeiten. Aufräumarbeiten? Was für Aufräum-arbeiten? Er hält seinen Offizieren eine Ansprache:

"Denken Sie daran, meine Herren, die Ehre unseres Vaterlandes und der Ruf der Staatsgewalt stehen auf dem Spiel! Um diese Störung der öffentlichen Ordnung zu beenden, müssen wir handeln, egal wie schmerzhaft die Maßnahmen sein werden. Wir stehen außergewöhnlichen

Unruhestiftern gegenüber, die nichts für ihr Vaterland empfinden und die davon leben, die Massen aufzuwiegeln und die öffentliche Meinung anzuheizen. Wenn wir hier nicht mit allergrößter Härte vorgehen, beleidigen wir die örtlichen Behörden und die Erinnerung an die heldenhaften Taten Prats[13] und darüber hinaus auch die im vergangenen Krieg mit dem Blut unserer Soldaten durchtränkte Erde. Wir würden dem Ausland, das uns sein Geld anvertraut hat, allen Grund geben, zu glauben, dass dieses Land nicht von Gesetzen regiert wird, sondern von einer primitiven Führung aus Chaos und Gewalt. Das kennt man so eigentlich nur aus Gegenden, die viel unzivilisierter sind als wir und keine Gesetze kennen."

Der General war sehr erregt und fühlte sich, als würde er seine bisher größte Schlacht vorbereiten, diesmal allerdings gegen einen ganz anderen Gegner, ein Regiment aus Arbeitern mit ihren Frauen und Kindern, deren einzige Waffe ihr Glaube war, den sie noch nicht verloren hatten und auch niemals verlieren würden. "Das ist es auch eigentlich, was mich am meisten stört", dachte er bei sich, "der Glaube, den diese Schwanzlutscher in sich tragen."

---

[13] Arturo Prat wird von vielen Chilenen als Volksheld wegen seines Einsatzes im Salpeterkrieg im Norden des Landes verehrt. (Anm. d. Übers.)

Heute ist der 21. Dezember 1907 in Iquique,
dem großen Hafen Chiles. In diesem Teil
der Erde steht der Sommer kurz vor der Tür
und in einigen Tagen feiern die Christen
auch hier ihr Weihnachtsfest.

Kriegsschiffe zielen mit ihren Kanonen auf
die Stadt. Die Besatzung steht bereit, um bis
über die Zähne bewaffnet von Bord zu
gehen. Beinahe 1650 Soldaten aus den
unterschiedlichsten Regimentern und unter
der Führung des Generals Silva Renard
verteilen sich strategisch in der Stadt, um
ihre Mission zu erfüllen, die da lautet: den
Streik der armen Pampinos aus dem Norte
Grande zu beenden. Die Kavallerie, die
Infanterie, die Marine und die Polizei, sie
alle rücken langsam vor. Die Krankenwagen
stehen bereit und auch die Müllwagen sind
schon eingetroffen.

In der Schule "Santa María" läuft die
Versammlung immer noch. Die Anführer
halten abwechselnd ihre Reden. Einige
Kinder weinen. Raúl beendet gerade seine
Rede und es wird applaudiert. Der "Graue"
umarmt seinen Vater. Juanín schaut sie alle
an, er zittert. So ungefähr siebentausend
Streikende sind auf dem Schulhof
versammelt. Sie sitzen auf Dächern und
stehen im Eingang des Hofs, der auf den
Platz "Manuel Montt" führt. Die meisten
sind Arbeiter, ein paar Frauen sind dabei
und mehrere Kinder.

Auf der Rennbahn von Iquique verteilen die Fischer schon ihren Fang, damit er von dem zuständigen Komitee für Lebensmittel gesäubert und ausgenommen werden kann. Die Bäcker sind auch schon auf dem Weg mit Körben voller Brot. Die kleine Leonor und Margarita waschen die Kinder und beruhigen sie. Die Kinder sind sehr unruhig, weil sie Hunger und auch ein bisschen Durst haben. Teresa ist im Gesundheitskomitee und wechselt gerade die Wadenwickel bei einem Fieberkranken.

Der Befehl lautet, alle zur Rennbahn zu bringen. Es ist zwanzig vor zwei am Nachmittag. Der General beobachtet die überfüllte Schule und den Platz davor. Er verteilt seine Männer und schickt einen Boten zu Oberst Ledesma. Er soll den Befehl überbringen, die Schule und den Platz zu evakuieren und dann anschließend alle zur Rennbahn zu bringen. Außerdem soll er herausfinden, wo sich die Anführer der Komitees aufhalten.

Die Anführer des Streikkomitees empfangen den Oberst und hören sich den Befehl an. Sie bitten ihn, kurz auf eine Antwort zu warten. Sie ziehen sich zur Besprechung zurück. Sie finden das Ganze sehr verdächtig und antworten ihm, dass sie sich nicht von ihrem Standort entfernen werden.

Der General nimmt von Oberst Ledesma die Antwort entgegen und als er feststellt, dass sich alle Anführer auf der Dachterrasse aufhalten, gibt er mit einem Lächeln im Gesicht die folgenden Anweisungen:

Zwei Maschinengewehre aus dem Kreuzer "Esmeralda" sollen vor der Schule Position beziehen. Ihre Zielvorrichtungen soll auf die Dachterrasse ausgerichtet werden. Ein Schütze aus dem O'Higgins Regiment soll sich links von den Maschinengewehren aufstellen und schräg auf die Dachterrasse zielen. Die Schützen der Marine-Truppe stellen sich vor der Straße "Lautaro" auf und zielen auf die Tür der Schule.

Der *mutige* General, mit seiner bis an die Zähne bewaffneten Wache, begibt sich in die Schule, um mit den Verantwortlichen direkt zu sprechen. Die Truppenbewegungen und die Ankunft der Maschinengewehre ist offenkundig. Doch die Streikenden lassen sich nicht einschüchtern. Der General wiederholt den Befehl vor ihnen. Er ist mehr als unhöflich zu den Streikenden. Er sagt ihnen, sie seien Verräter ihres Vaterlandes und würden so nichts erreichen. Sie sollten besser gehen, sonst würden sie es bereuen.

Einige Frauen beginnen, den General anzuschreien: "Wir kämpfen für unsere Kinder, für unsere Zukunft. Dem Vaterland haben wir gar nichts getan! Sie müssten uns doch verteidigen und nicht angreifen! Es ist unser aller Vaterland. Die Besitzer der Minen sind es, die nicht hierher gehören."

Der General wird rot vor lauter Wut und spricht seine Drohung ein zweites Mal aus.

Der "Graue" steigt auf die Dachterrasse und vor den erstaunten Augen seines Vaters und Juanín spricht er zum General:

"Sie verstehen das nicht, Herr General! Wir sind arm, aber wir sind keine Tiere und auch keine wilde Horde. Wir kämpfen für die Rechte der arbeitenden Bevölkerung, die an ihren Arbeitsplätzen leidet. Wir wollen ein besseres Leben, deshalb bleiben wir auch hier, bis eine Lösung gefunden wird. Drohen Sie uns nicht weiter und gehen Sie zu Ihren Soldaten zurück. Das ist nicht Ihr Krieg. Unser Kampf ist beispielhaft für unser aller Vaterland und für die Ewigkeit. Und wenn Sie eine oder tausende Kugeln abfeuern wollen, hier ist meine Brust! Schießen Sie und dann gehen Sie zu Ihren Soldaten zurück! Das ist nicht Ihr Krieg!"

Es war nicht nur eine, nein es waren tausende Kugeln, die gleichzeitig aus den beiden Maschinengewehren und den Gewehren der wartenden Schützen abgefeuert wurden, aber zuerst hatte der "mutige" General geschossen, das war sein

Zeichen für den Beginn des Massakers gewesen. Die Kugeln hatten ein leichtes Ziel, sie durchschlugen Körper und Wände, um dann in andere Körper einzudringen. Sie trafen Frauen, Kinder, Männer, Hunde ... aber auch den Feind selbst.

Der "Graue" fiel als erster. Die erste Kugel stammte vom General und dann kamen noch weitere aus den Maschinengewehren hinzu. Ihm folgten so viele weitere Tote. Vielleicht zwei oder drei tausend? Das war schwierig zu zählen.

Viele kamen durch die Kugeln und die anschließende Panik um und es wurden noch mehr Menschen verletzt. Das ohrenbetäubende Geschrei verstummte nur langsam. Die Kinder weinten nun nicht mehr vor Hunger, sie waren jetzt für immer verstummt. Mit erhobenen Fäusten brachen die Arbeiter zusammen.

Raúl hält seinen Sohn in den Armen, vorsichtig hebt er dessen Kopf ein wenig hoch, er drückt ihn an sich und ein schrecklicher Klagelaut entweicht seiner Brust. Für ihn verdunkelt sich die Welt, das Meer, der Himmel. Dieses Leben ist nicht mehr lebenswert. Das hat kein Mensch verdient. Plötzlich spürt er eine Berührung. Es ist Juanín, der ihn wegschiebt. Mit seinem Sohn in den Armen fällt er hin und andere leblose Körper bedecken ihn. Er bekommt keine Luft mehr. Er glaubt, dass er jetzt sterben wird und verliert das Bewusstsein. Während der Lärm der Maschinengewehre langsam erlischt, schleift Juanín Raúl bis zu einem kleinen Raum in der Schule. Er versteckt ihn gut zwischen ein paar Möbeln. Niemand wird ihn sehen, niemand wird ihn finden.

Als der Kugelhagel nachlässt, klopft sich der stolze General den Staub aus seiner Uniform, setzt sich seine Mütze wieder auf, fährt sich mit einem Tuch über die Stirn und schreit voller Stolz seine Offiziere an:

"Verlangen Sie die bedingungslose Kapitulation!" So lautet sein neuer Befehl und das war noch nicht alles:

"Die Müllwagen, sie sollen die feindlichen Gefallenen einsammeln, die Verletzten auch ... und die Schule muss evakuiert werden!"

Eine lange Prozession von mehr als fünf tausend verängstigten und empörten menschlichen Wesen läuft mit gesenktem Haupt, erniedrigt, versklavt, unterworfen und traurig von den Militärs eskortiert durch die Straße Barros Arana.

Sogar die Sonne schämt sich und versteckt sich hinter einer Wolke, die der Wind inmitten dieser Heldentat (zumindest für die chilenischen Soldaten war sie heldenhaft gewesen) hergebracht hatte. Die aufgewühlte See, sie scheint vor Schmerz zu schreien: "Ich habe es ihnen doch gesagt … sie sollten doch gehen …!"

Der Kugellärm war überall in der Stadt zu hören. Die Schreie und die Klagelaute der Menschen war nirgendwo zu überhören. Auf der Rennbahn breitete sich eine große Unsicherheit aus, aber die Kavallerie und die Truppen der Infanterie und Marine hatten sich zuvor strategisch verteilt. Niemand konnte den Ort verlassen und alle sollten warten. Ein Offizier schrie die Menschen an, dass sie schon noch Befehle erhalten würden.

Auch Meches Bordell konnte man die Schüsse und die Maschinengewehrsalven hören. Die Chefin des Freudenhauses spürte einen stechenden Schmerz in der Brust. Sie spürte, dass irgendetwas mit ihrem Liebsten passiert war und bat Ester sie zu begleiten und mit ihr heraus zu finden, was passiert war.

Ein Militär schreit ihnen mit rauer Stimme entgegen: "Halt, Sie können nicht auf den Platz gehen!" Und sie werden gezwungen, ins Haus zurück zu kehren, wenn sie nicht festgenommen werden wollen. Es herrscht Ausnahmezustand, niemand darf auf die Straße hinaus.

Die Leichen werden eingesammelt und auf die Müllwagen geworfen. Die Soldaten suchen unter den Überlebenden nach den Anführern, ganz besonders nach einem gewissen Raúl. Hunderte von Arbeitern und nicht nur Pampinos, sondern Arbeiter aus Iquique werden in die Gefängnisse gesteckt.

Inzwischen ist es Nacht geworden am 21. Dezember 1907 und die Pampinos mit ihren Familien verbringen die Nacht zusammengepfercht auf der Rennbahn. Es ist eine der schlimmsten Szenen, die ein Mensch sich ausdenken kann. Allerdings ist es auch nur der Mensch, der solch schlimme Taten vollbringen kann. Der Schmerz, die Verzweiflung und die Frustration beherrschen diese Nacht, hier auf der Rennbahn, wo sonst nur vollblütige Pferde umher laufen. Die Rennbahn, jetzt ist sie ein Konzentrationslager der Erniedrigung und ein Straflager für diejenigen, die sowieso keinerlei Rechte haben.

Sie erhalten den Hinweis, dass sie am nächsten Morgen die Leichen identifizieren können und sie dann in Iquique begraben können. Diejenigen Leichname, die nicht identifiziert werden können, werden in Massengräbern beigesetzt. Ein anderer Befehl lautet, sie den Fischen des Pazifiks zum Fraß vorzuwerfen.

Juanín hatte sich in der Schule versteckt. Er

171

holt nun Raúl aus seinem Versteck, berührt dessen Stirn und daraufhin erwacht Raúl. Sie schauen sich beide an und das besondere Leuchten, süß, ernst und stark, aus den Augen Juaníns hypnotisiert Raúl.

"Wir gehen zu den Fischern," sagt Juanín, "dort wird man uns verstecken und wenn ein paar Tage vergangen sind, dann fahren wir mit dem Schiff nach Antofagasta. Dort wird man Ihnen helfen und bald können Sie allen von Ihren Erfahrungen berichten. Sie können sich mit tausenden anderen Menschen zusammen schließen, die auch für Gerechtigkeit kämpfen, genauso wie Sie. Über den Verbleib Ihrer Töchter wird man Sie schon informieren. Man wird gut auf die Beiden aufpassen. Sie werden Lehrerinnen werden, wie ihre Cousine Lucila. Viele junge Leute werden durch sie von den Heldentaten erfahren."

Nachdem Juanín Raúl bei den Fischern untergebracht hat, begibt er sich zur Rennbahn und findet dort seine Eltern und die Töchter von Raúl.

"Morgen werden wir einen Helden, einen Märtyrer begraben. Den "Grauen" haben die Kugeln getroffen, weil er in der Lage war, dem General entgegen zu treten. Jetzt ist er bei seiner Mutter und zusammen werden sie auf uns Acht geben. Bevor wir Raúl wiedersehen können, müssen wir ein paar

Jahre warten. Die kleine Leonor und Margarita sind ab jetzt meine Schwestern. Ich werde sie zu ihrer Cousine nach Coquimbo bringen. Nicht nur die hier verlorenen Träume werden durch die Feder Lucilas wieder lebendig werden. Sie werden uns nicht vergessen und auch nicht dieses Massaker und die zerstörten Illusionen.

Für immer zusammen

In der Nacht des 21. Dezembers feiern einige Militärs ihren Triumph in dem Freudenhaus von Tante Meche. Meche, allein in ihrem Zimmer, malt sich schon das Schlimmste aus. Sie ruft Ester zu sich und bittet diese, sich unter den Militärs umzuhören und raus zu finden, was wirklich passiert ist.

Als Ester zurückkehrt, nimmt sie die Tochter ihrer Freundin in den Arm und hält sie mindestens eine Minute lang fest an sich gedrückt. Das, was sie Meche zu erzählen hat, tut ihr sehr weh, weil sie weiß, dass diese unglaubliche Liebe zwischen dem Mädchen und dem jungen Arbeiter auf so unsagbar brutale Art und Weise bereits ihr Ende gefunden hat. Meches Reaktion verunsichert die gute Ester. Ruhig bewegt sie ihren Kopf, zieht ihre Arme zurück, fällt auf die Knie und beginnt zu beten. Ester beobachtet die Tochter ihrer Freundin und versucht ihre Reaktion einzuordnen.

Zur gleichen Zeit hört man aus dem großen Salon Applaus und vereinzelte Hochrufe. Der General ist angekommen. Nach der Schlacht kommt er, um sich zu erfrischen, sich zu entspannen und das gute Leben zu genießen. Nachdem er den ersten Schluck zu sich genommen hat, verspürte er das dringende Bedürfnis, all seine Anspannung loswerden zu können. Er verlangt nach Tante Meche, seiner Favoritin, der Chefin, der, die den Ton angibt, genauso wie er selbst, der es auch gewohnt ist, Befehle zu erteilen.

"Hier bin ich. Kommen Sie herauf, Herr General!", schreit Meche ihm aus ihrem Zimmer zu. Mit zwei schnellen Schritten eilt der General die Treppe hinauf und betritt eilig das "Entspannungszimmer". Meche liegt auf dem Bett und macht eine einladende Handbewegung.

"Komm her, mein mutiger Held, ich will dir deinen verdienten Lohn geben."

Zufrieden legt sich der General neben sie und versucht sie zu küssen. Mit ihrem linken Arm pariert sie die Bewegung des mutigen Generals, in der rechten Hand blitzt ein gebogenes Messer auf, ein Souvenir, welches ihre Mutter von einem anderen Soldaten bekommen hatte, um sich damit im Ernstfall verteidigen zu können. Sie versucht, den General anzugreifen und gleichzeitig schreit sie ihn an:

"Du wirst sterben, du feiger General! Verdammter Mörder!" Der General ist völlig überrascht und mitten in dem Handgemenge antwortet er: "Was ist nur mit dir los, du scheiß Nutte!" Daraufhin fallen beide zu Boden. Der Lärm schreckt Ester auf, die sich ganz in der Nähe von

Meches Zimmer aufhält. Sie kommt herein und als sie sieht, was gerade passiert, schreit sie ihre Freundin an:

"Was machst du, mein Kind?" Für einen kurzen Augenblick ist Meche verblüfft und ihre Kräfte lassen nach. Der General hat inzwischen seine Waffe gezogen und die schöne Brust der jungen Frau färbt sich blutrot. Durch das Loch der Kugel schießt das Blut wie in einer Fontäne aus ihrer Brust, läuft auf den Boden und verteilt sich im ganzen Zimmer von Meche.

"Das hat mir gerade noch gefehlt.", sagt der General, "Was wollte diese scheiß Nutte von mir? Mich umbringen? Wachen! Kommt alle rauf!"

Mitten in der Dunkelheit der Nacht, an einem unbekannten Ort, treffen zwei Lichter aufeinander. Das eine Licht hatte auf das andere gewartet. Sie lächeln sich an, nehmen sich bei der Hand und steigen immer höher und höher. Jetzt sind sie für immer zusammen.

Die Züge vollgestopft mit traurigen Menschen reihen sich aneinander und fahren in Richtung Wüste. Die Anführer des Streiks hat man nie gefunden, deshalb fühlten sich die Regierung und der General verhöhnt. Sie waren nicht einmal zufrieden mit dem Ergebnis des schrecklichen

Massakers.

Der General muss einen eigenen Schutzengel gehabt haben, denn ein paar Jahre später wurde er bei einem Angriff durch einen Bruder eines der Opfer aus der Schule "Santa Maria" lediglich verletzt.

Eine Barkasse kommt in Tocopilla an. Als Fischer verkleidet mischt sich Raúl unter die Leute. Er steigt in eine andere Barkasse und der Pazifik trägt ihn bis nach Antofagasta. Man versorgt ihn gut und muntert ihn auf. So ist die Solidarität der Männer, die sich zurückziehen aber niemals aufgeben. Die anderen vier Anführer verstecken sich an vier verschiedenen Orten und werden ebenso gut versorgt. Sie brauchen die Unterstützung von Gleichgesinnten, die Erfahrung haben und sich an der mühevollen Aufgabe, die Welt zu verbessern, beteiligen wollen.

Das Abgeordnetenhaus des chilenischen Parlaments erhält Protestschreiben von Abgeordneten der demokratischen Partei, insbesondere von einer Person, mit Namen Alessandri, die später Präsident werden wird: "Die Volksbewegungen müssen an der Wurzel des Bösen bekämpft werden. Es müssen Gesetze erlassen werden, die das Verhältnis von Arbeit und Kapital regeln und zwar so, dass diese beiden Kräfte ausgeglichen sind und nebeneinander existieren ohne feindlichen Auseinandersetzungen."

Als Zeichen des Protestes gegen die Vorkommnisse in der Schule "Santa María" von Iquique, unternahm der "Congreso Social Obrero"[14] den Versuch, einen erneuten Generalstreik im ganzen Land auszurufen, aber der Versuch scheiterte. Die Arbeitervertretungen organisierten Volksentscheide und Volks-abstimmungen, aber diese wurden immer wieder abgelehnt. Sie waren immer noch sehr geschwächt. Es war einfach nicht der richtige Moment für neue Schlachten, man musste noch warten.

Die Regierung allerdings spendete dem General Silva Renard reichlich Applaus und beglückwünschte ihn mit den Worten: "Die öffentliche Meinung versteht das sehr schmerzhafte Ereignis als unabwendbare Notwendigkeit in der Pflichterfüllung, die öffentlichen Ordnung zu wahren und die öffentliche Ruhe wieder herzustellen."

Der Innenminister schickte dem Bürgermeister der Provinz ein Telegramm und betonte darin erneut: "Die vereinzelten Stimmen politisch motivierter Abgeordneter finden kein Echo, wie Sie aus den Mitteilungen in der gesamten

---

[14] Sozialer Arbeiterkongress, diente dem Zusammen-schluss aller Arbeitervertretungen dieser Epoche. (Anm. d. Übers.)

ernstzunehmenden Presse sehen können."

Die Töchter von Leonor und Raúl zogen in Begleitung ihrer Freunde Pedro und Teresa, die nun die Rolle ihrer Eltern übernommen hatten, nach Antofagasta. Ihre Cousine Lucila, die dort eine Stelle als Lehrerin angenommen hatte, besuchte die beiden regelmäßig und half ihnen dabei, ebenfalls Lehrerinnen zu werden und sich als solche in die Gruppe derjenigen Menschen einzureihen, die niemals aufgeben. Juanín verabschiedete sich eines Tages von seinen Eltern. Sie hatten Verständnis, resignierten jedoch endgültig bei seiner Abreise.

In den Augen der Mädchen spiegelte sich für immer die Traurigkeit der Frauen wider, die auf der Suche nach Gerechtigkeit und würdigeren Lebensbedingungen für die Arbeiter durch die Wüste gelaufen waren und statt dessen die Hölle auf Erden erlebt hatten und erfahren mussten, was Tod, Niederlage und Erniedrigung bedeutet. All das hatte sie aber nicht besiegen können, denn sie konnten immer noch schreiben und in ihren Geschichten die Vergangenheit festhalten, damit sie niemals in Vergessenheit gerät.

Vielleicht um eine Parallele zu schaffen, zwischen dem kalten und trockenen Wind, der an den nördlichen Küsten des Mittelmeers weht und dem gleichen Wind, der in den Dezembernächten des Jahres 1907 in der Wüste von den Menschen dort zu spüren gewesen war, änderte Lucila ihren Namen in MISTRAL.

Und so ist es ... und so bleibt es ...

Zwischen Erinnerungen, Schmerz und
Wehmut
wird ein weiteres Buch beendet.

Und das Leben, es geht weiter,
auch wenn am Horizont
die Liebe und der Hass
gemeinsam und gegeneinander
ihren grausamen Kampf austragen
Tag für Tag...
Beide tragen Masken.
Wie soll man sie unterscheiden?

Nur der schöne Westwind
und die schöne Nacht,
in ihrem Wechselspiel
zeigen sie uns ihr Gesicht.
Sie sind die Liebe, ohne jede Maske!

Und so ist es...und so bleibt es...